Homicidio Doloso

Una novela de romance, suspenso y procedimientos legales

Ana María Campos

DEDICATORIA

Dedicado a ti, por creer en mi...

Contenido

AGRADECIMIENTOS

Agradezco a todas las personas involucradas para la creación de esta obra.

CAPÍTULO I - UN NUEVO CLIENTE

Sentada allí, en las afueras de un reconocido café de la ciudad de Bogotá, en un día de mucho frío, la ciudad gris, el cielo abarrotado de nubes que a pesar de ser las tres de la tarde, no dejaban ver el sol, el lugar estaba lleno de gente que iba y venía de prisa muy abrigados por el frío inclemente, en el café muchos visitantes en busca de algo caliente, se observaban pequeños grupos de gente que conversaban alegremente, parejas con rostros enamorados que se hacían arrumacos y alguna que otra persona solitaria, quizás a la espera de alguien. Ella, una reconocida abogada de la ciudad, era una chica atractiva, de tez blanca muy pálida, con grandes ojos color miel, tenía la nariz pequeña pero no respingada, más bien discretamente redondeada, su labios eran torneados con forma muy definida un poco gruesos, usaba un maquillaje muy discreto, típico de abogadas, medía como un metro sesenta y dos, por lo que acostumbraba usar tacones para verse un poco más alta, de cabello largo hasta la cintura que siempre recogía en una cola de caballo para mostrarse con mucha seriedad, usaba lentes de lectura con marco azul oscuro a la moda, vestida con una braga negra ajustada al cuerpo, pero conservadora a la vez, encima de ésta, un elegante sobretodo azul oscuro, que daba hasta las pantorrillas, y unas hermosas botas altas de color negro, que daban hasta sus rodillas, sobre la mesita que ocupaba en el café una carpeta de cuero negro llena de papeles y leyes para ser utilizados en su encuentro con su próximo cliente; sentada allí solitaria, llamaba la atención de cuánto caballero pasaba cerca, quienes la miraban con mucha curiosidad, ella esperaba tranquila, tenía tiempo suficiente debido a que había cancelado el resto de las citas del día para atender exclusivamente a su posible nuevo cliente, la señora Elba Pinzón, quien la llamó el día anterior solicitando los servicios en defensa penal para su hijo Israel Rincones Pinzón, quien se encontraba siendo procesado por el delito de Homicidio Doloso, leía con atención detalles en el código penal sobre ese delito para no pasar nada por alto y estar bien documentada cuando la señora Pinzón llegara a su encuentro.

Había acordado reunirse con la señora Pinzón a las tres y media y ya cerca de la hora estaba ansiosa, la señora Pinzón llegó antes de las tres y media por suerte para la ya inquieta abogada. La señora Pinzón, una señora de aproximados setenta y cinco años, de muy baja estatura, rubia de ojos amarillos como los de un gato, con mirada llena de tristeza, de cara redondeada, nariz respingada, se notaba que en su juventud debió ser una mujer hermosa, cuando llegó al encuentro con la Abogada le saludo con una tímida sonrisa

— Buenas tardes, ¿es usted la Doctora Ana Franco?
— Sí señora — dijo Ana cordialmente — y usted debe ser la señora Elba Pinzón, ya tenía yo muchas ganas de conocerle señora Pinzón, es usted muy puntual.
— Así es Doctora — añadió la señora Pinzón — no me gusta hacer esperar a nadie y mucho menos a la abogada que me va a ayudar en el caso de mi hijo, de lo cual estoy completamente segura, debido al reconocimiento que tiene usted en la ciudad como una excelente penalista, por lo que mal estaría yo, si le fallo en las citas que me concede.

—

Ana, acostumbrada ya a los halagos profesionales, dijo

— gracias por confiar esta responsabilidad en mi señora Pinzón, pero primero vamos a leer la copia del expediente que trajo para definir la estrategia a seguir para la defensa de su hijo Israel.
— Sí Doctora — dijo la señora Pinzón cambiando su rostro de cordialidad a una muy triste al tener que hablar de la terrible situación por la que estaba pasando su único hijo mas o menos acá tiene el expediente, allí dice que

mi hijo mató a ese hombre doctora y eso es mentira, mi hijo es un muchacho noble, de buenos sentimientos, no es una mala persona, nunca ha estado involucrado en problemas de ningún tipo, mucho menos va a matar a nadie doctora, Israel es inocente, él no sería capaz de matar ni a una mosca, no entiendo cómo terminó involucrado en esto, siendo que él lo único que hace es partirse el lomo trabajando para mantenerme a mí, a su papá que está en casa y sufre de Alzheimer y a dos nietos que cuidamos nosotros porque su hermana, la mamá de los niños falleció cuando ellos nacieron, entonces él se hizo responsable de los gemelos porque nunca supimos quién era el padre de ellos. ¿Usted cree doctora que una persona que trabaje tanto para mantener a su familia y que no les falte nada, sería capaz de matar a alguien? Dígame doctora, ¿usted podría creer eso? — preguntaba la señora Pinzón ansiosa, esperando a que Ana respondiera lo que ella quería escuchar —.

— A ver señora Pinzón — respondió Ana con severidad — aquí no se trata de lo que yo crea, si no de los hechos, de lo que haya colocado acá en los informes de experticias los funcionarios involucrados en el caso, de los testigos, porque debe haber testigos señora Pinzón, hagamos algo — dijo Ana intentando que la señora Pinzón se calmase porque había empezado a sollozar — si usted me lo permite yo me voy a llevar este expediente a mi oficina para leerlo con bastante detenimiento y una vez tenga todo más claro nos volvemos a reunir para darle los detalles y decirle qué posibilidades tiene su hijo Israel de salir inocente del delito que se le está imputando, ¿Le parece?.

— Sí Doctora, como usted diga — señaló ya más calmada la señora Pinzón — yo espero su llamada, usted me dice día y hora y allí estaré con usted para que me diga que vio en el expediente, y créame doctora — continuó — mi hijo es inocente, estudie el caso y verá que lo que le digo es verdad, Israel es inocente y yo sé que usted lo va a sacar del lío donde lo han querido involucrar.

— Ya veremos señora Pinzón —dijo Ana de manera tranquilizadora— por lo pronto vaya a casa y quédese tranquila, espere mi llamada, en cuanto yo tenga todo claro conversaremos de nuevo y después haré una visita a su hijo Israel al Penal donde está recluido para escuchar de sus propias palabras lo que realmente pasó, pero eso será después de que nos volvamos a reunir, ¿Le parece? preguntó Ana.

— Muy bien Doctora, es bueno que usted hable con él, así lo conoce y se dará cuenta que es un muchacho bueno incapaz de hacerle mal alguno a nadie —aclaró la señora Pinzón con mucho ahínco— entonces me retiro, estamos hablando, cuídese mucho mi Doctora, hasta pronto —se despidió la señora pinzón, retirándose muy a prisa del café.

Ana quedó pensativa, hojeando el expediente por encima, recordando todo lo que había dicho la anciana y decidida a averiguar qué fue exactamente lo que pasó en el caso de Israel Rincones, un muchacho que según su madre era excepcional hijo y ejemplar ser humano.

En un apartamento que se encontraba ubicado al norte de Bogotá, en uno de los mejores urbanismos del sector, vivía la prominente abogada, un apartamento grande, espacioso, con tres habitaciones muy bien decoradas, cada una con su propio baño, una cocina perfectamente construida en mármol y granito, también tenía una sala de estar preciosa con muebles modernos en color negro con cojines blancos y rojos, una mesita antigua bajita con adornos europeos de última moda, cuadros abstractos de reconocidos artistas nacionales e internacionales, un apartamento que hacía notar lo próspera que había llegado a ser Ana en su carrera a pesar de contar con solo treinta años. Allí estaba cuando su hermoso reloj de pared marcaba las ocho de la noche, estaba leyendo el expediente de

Israel Rincones, el hijo de la señora Elba Pinzón, señora que a Ana le había causado una muy buena impresión, leyó con mucho detenimiento todo el expediente hasta las tres y media de la madrugada, momento en que terminó su lectura y ya con el cansancio, pero satisfecha de tener la situación legal de Israel Rincones más clara, cayó en un sueño profundo.

El sonido de su alarma la despertó, cepilló sus dientes, se dio un baño con agua tibia, se vistió sencilla, unos pantalones negros, una blusa de mangas largas de color mandarina que a ella le gustaba mucho, sus botas negras y un sobretodo marrón para el frío, salió a la cocina y solo tomó un café, porque iba a desayunar con Marcos Román su novio de hace ya seis meses, acostumbran desayunar juntos por lo menos dos o tres veces por semana. Así salió tomó un taxi y llegó a un café pequeño y elegante, aún no había llegado su prominente novio, así que se sentó y pidió una aromática de maracuyá mientras esperaba, una media hora más tarde llegó Marcos Román, un hombre de facciones hermosas, realmente atractivo, de cabellos castaños muy claros, enrulados, de esas cabelleras que cualquier hombre quisiera tener, su tez era más bien rosada, ojos grandes de color verde, unos labios rojos como si fueran maquillados, de rostro cuadrado, alto, musculoso, estaba en muy buena forma y de unos modales muy definidos, era Odontólogo, era un hombre de un alto estrato social. Llegó y apresuró el paso para encontrarse con Ana, le dio un beso en la mejilla y la abrazó muy afectuosamente.

— Ana, buenos días —le dijo sonriendo— disculpa haberte hecho esperar, me he quedado dormido y después recibí una llamada de mi madre al teléfono del apartamento lo que me hizo salir aún más tarde de casa, ya sabes como es mi madre, habla hasta por los codos y es difícil terminar una conversación con ella, sobre todo si habla de sus achaques de vieja, siempre le duele algo diferente —se rió forzadamente— pero acá estoy mi chiquita. ¿Y tú cómo has estado? Ayer casi no hablamos, cuéntame ¿Qué tal tu día de ayer?

Ana, ya acostumbrada a que Marcos llegue tarde a todos sus encuentros teniendo siempre una buena excusa, lo miró sonriendo algo cansada de que siempre fuera lo mismo, nunca llegaba puntual o simplemente no llegaba, excusándose con cualquier tonta explicación, entonces se dispuso a contarle...

— Hola Marcos, ayer tuve un día algo fuerte en la mañana, en tribunales, pero todo en orden, en la tarde solo tuve una reunión con una cliente nueva, o bueno con la madre de un cliente nuevo que está siendo procesado por Homicidio Doloso, anoche estuve revisando el expediente y hay muchas cosas que no están claras, por lo que debo investigar con mucho cuidado y escudriñar el expediente con mucha atención, también debo ir al penal a visitar al procesado para que me cuente su versión, entonces...
— Ana —le interrumpió Marcos— ya sabes que no me gusta que vayas a esos penales, no sé por qué tienes que seguir trabajando, cuando yo te dije que en el momento que nos casemos no tendrás que hacerlo porque yo te daré todo lo que necesites, el derecho penal es muy peligroso, tu eres una mujer muy hermosa y además eres mi mujer, no tienes que trabajar ni en eso ni en ninguna otra cosa, cuando estemos casados solo tienes que estar en casa para mí y solo deberás preocuparte por estar hermosa todo el día, nada más.

Ana que ya había tenido esta misma conversación con su terco novio, se enojó sin poder evitar que su pálido rostro se volviera rojo y explotase como un volcán en erupción, entonces trato de mantener la calma para no resultar grosera cuando le dijo:

— Marcos ya hemos hablado de esto antes, no vamos a volver a caer en la misma discusión.

— ¡Claro, si ya lo hemos hablado antes! —Levantó la voz Marcos algo contrariado— por eso no entiendo que sigamos teniendo esta misma discusión, no debes seguir trabajando, ya lo hemos hablado y lo debes tener claro, cuando nos casemos…

— ¡Creo que no nos casaremos Marcos! —Le interrumpió molesta Ana a Marcos— ya no nos casaremos.

Marcos sorprendido por semejante noticia, se quedó mudo e inmóvil sin poder decir una palabra, obviamente le tomó por sorpresa lo que acababa de decir su hasta ahora novia, entonces preguntó aún con la sorpresa en el rostro.

— ¿De qué demonios estás hablando?, no entiendo lo que estás diciendo Ana Franco, ¿podrías por favor aclararme eso? ¿Es que acaso te has vuelto loca? Tartamudeó sorprendido y esperó silente lo que le diría Ana.

Ya decidida a dejarle claro a Marcos sus motivos por los que ya no podían seguir juntos, tomó el valor que no había tenido desde hace ya dos meses cuando Marcos le habló de matrimonio, y le dijo los planes que tenía de que ella dejara de trabajar para estar en casa solo al pendiente de él, cosa con la que ella no estuvo de acuerdo, intentando decirle que no haría tal cosa, pero Marcos no la dejó hablar al respecto; ya en varias oportunidades después de la primera ocasión, intentó hablarle a Marcos de que no dejaría de trabajar por el simple hecho de casarse, pero éste la interrumpía y seguía hablando emocionado de la boda y todo lo que habría que hacer con los preparativos, luego de la hermosa casa que compraría para ambos en una exclusiva zona del norte de Bogotá, dejando a Ana sin poder decir que no estaba de acuerdo con el hecho de dejar de trabajar por el simple hecho de estar casada.

— Marcos, --enfatizó Ana— ciertamente no es la primera vez que hablamos de esto y tampoco es la primera vez que no me dejas hablar de lo que yo quiero, solo hablas de ti y de los planes que estás haciendo para el futuro sin tomar en cuenta mi opinión en ningún aspecto —aseveró Ana firmemente— yo no pienso dejar de ejercer el Derecho una vez esté casada contigo, de hecho nunca he pensado en dejar mi carrera por ningún motivo, me ha costado muchísimo llegar a ser reconocida en un mundo en que la mayoría de los reconocimientos se los llevan los hombres, ya a mí me conocen, tengo clientes que confían en mí y no puedo abandonarlos por ningún motivo, además y quizás lo más importante, a mí me encanta mi carrera, disfruto lo que hago, así que si tú estás de acuerdo en que yo siga trabajando será de la única manera que lo nuestro avance y lleguemos a casarnos de otra manera pues lo siento pero no me casaría contigo si tengo que sacrificar algo por lo que he luchado toda mi vida.

Sorprendido y perplejo por las palabras tan contundentes de Ana, Marcos quedó mudo por unos minutos, solo la miraba intrigado y muy enojado, entonces reaccionó

— Ana tú no puedes estar hablando en serio, ya hemos hablado de esto antes y estuvimos de acuerdo.
— Nunca hemos estado de acuerdo Marcos —aseveró Ana— simplemente has decidido sin dejarme opinar y solo tú has llegado a esos acuerdos contigo mismo, nunca pediste mi opinión, así que sí pues, estoy hablando muy en serio, ¡lo tomas o lo dejas ya tú verás!

Marcos totalmente contrariado dijo:

— Bien Ana Franco, esto me toma por sorpresa, así que creo que esta conversación debemos seguirla en otra ocasión, yo me tengo que ir, tengo cosas importantes que hacer.

Marcos se levantó y salió presuroso sin despedirse y sin decir nada más, Ana se quedó sentada mirándolo salir sin decir una palabra más, pidió al mesero un café y un croissant, desayunó tranquila, se tomó su tiempo y después de desayunar salió del café, caminó pensativa por unas calles ya conocidas, repletas de gente que iban y venían a prisa, caminó un corto trayecto hasta su oficina.

Ubicada en el último piso de una torre empresarial, llegó a su oficina, una oficina amplia pintada de color marfil con marcos azules oscuro y perfectamente decorada a la moda, en la entrada le esperaba su asistente, una chica que contaba unos veinte años, delgada, de cabellos hasta los hombros, teñidos de un rojo escandaloso, típico de las jóvenes en esa ciudad, con cara alargada ojos marrones, pestañas muy largas, usaba gafas adaptadas rosadas y labios muy delgados, vestía de manera apropiada, unos jeans azul oscuro, camisa mangas largas de color amarillo y zapatillas negras, se dirigió a Ana de una manera muy respetuosa,

— Buen día Doctora Franco, acá le tengo listo su cafecito bien caliente como a usted le gusta, además en su escritorio le dejé su agenda para el día de hoy, en media hora llegará su primer cliente del día, el señor Oscar Sulvarán, ese que viene todas las semanas para saber si ya está divorciado —rió enérgicamente la asistente— creo que tiene prisa —volvió a reír y Ana rió de buena manera con su asistente

— Buen día Barbarita, veo que amaneciste de muy buen humor hoy, eso es bueno porque generalmente estas muy seriecita, y cuéntame, ¿que tenemos para hoy? ¿Va a estar muy movido? O será un viernes relajado, a ver dime…

— Hoy será un buen día Doctora —aseguró barbarita con gesto cordial— solo tiene esta entrevista con el señor Sulvarán en la mañana y a primera hora de la tarde una entrevista con el secretario del tribunal tercero de juicio —explicó Barbarita— también supongo que usted sí se reunió con la madre del señor Rincones el día de ayer ¿cierta doctora? —preguntó—

— Si Barbarita, estuve hablando con ella y anoche revisé su expediente, así que tenemos trabajo que hacer, por favor toma el expediente, le sacas dos copias y hazle llegar a la madre del señor Rincones su original, y empieza a hacer un detalle del expediente para el informe.

Entregó el expediente a su asistente y ésta salió apresurada a cumplir con la tarea asignada, Ana se tomaba su café con calma como acostumbraba, mientras leía las noticias en su computadora, hablaban del homicidio supuestamente cometido por un hombre llamado Israel Rincones, el cual era señalado como autor del delito porque las circunstancias así lo hacían suponer, Ana se reclinó en su sillón hacia atrás esbozando un suspiro profundo y pensativa, luego se volvió hacia su computador y empezó a estudiar expedientes de otros casos, unos por robo agravado, otro por presunta violación a una joven y así pasó la mañana leyendo y estudiando cada uno de los casos pendientes.

Entró Barbarita para interrumpir su estudio diciendo:

— Doctora, nunca vino el señor Sulvarán por suerte —sonrió de buena gana la asistente— ah y otra cosa Doctora, ¿usted no piensa almorzar hoy?

— Si Barbarita ¿qué hora es? —Preguntó un poco desorientada—.

— Ya es la una de la tarde Doctora —le indicó la asistente— no la quise interrumpir a las doce porque la vi muy concentrada pero ya es tarde, debe salir a comer algo, o prefiere que le compre algo y se lo traigo.

— ¡Ah es tardísimo! —se sorprendió Ana— si mi niña por favor cómprame lo mismo de siempre —le dio dinero a su asistente y volvió a su lectura—.

La chica volvió muy de prisa, Ana comió y se internó de nuevo a su lectura. Minutos más tarde, le interrumpió de nuevo la asistente, para notificar

—   Doctora, llegó el señor Sulvarán, dice que no logró llegar en la mañana por supuestas complicaciones, ¿Le hago pasar? —Preguntó divertida por las bromas hechas entre las dos antes de que llegara el cliente—
—   Sí, ¡hazlo pasar por favor Barbarita! Todavía me queda algo de tiempo y tráele una aromática, esa que sabes que le gusta —dijo sonreída Ana—

Enseguida entró el señor Sulvarán, un hombre de cuarenta y ocho años, alto, delgado, con cabello muy corto para evitar que se notara las entradas pronunciadas que tenía ya por la inevitable caída del cabello, con ojos pequeños de color marrón, era un hombre moreno, poco agraciado, pero siempre estaba de buen humor y contaba chistes a la seria Ana y a su asistente, los que éstas consideraban muy malos, pero reían disimuladamente por respeto a su cliente.

—   ¡Buenas tardes mi hermosa Doctora! —Dijo aquel hombre tomando de la mano e Ana y besándola, cosa que le molestaba muchísimo a ésta— realmente siempre es un placer venir a conversar con usted y mirar su belleza sin igual —dijo en voz alta y con gestos aduladores molestos para las chicas—

Ana, soltando muy rápido la mano, se sonrió y le saludo amablemente:

—   Buenas tardes señor Sulvarán, ¡le esperaba en la mañana! pero cuénteme, ¿en qué puedo ayudarle? Porque creo recordar que la última vez que vino le dije que yo le llamaría cuando le tuviera noticias sobre su divorcio, así que dígame, ¿para qué otra cosa soy buena?

— No Doctora, nada nuevo, yo sé que usted me dijo que debía esperar, pero pasaba por acá cerca y como no pude venir en la mañana como le dije a su asistente, decidí venir a ver si de casualidad tenía alguna noticia, es que realmente quiero estar divorciado —le indicó sonreído a Ana, quien ya se estaba cansada de que el señor Sulvarán cada vez que quería iba a la oficina lo que era totalmente inapropiado porque le quitaba tiempo que tenía planificado para otras cosas— yo le llamé a su asistente esta mañana para decirle que vendría en la tarde a esta hora, yo sé que su asistente me indicó que no tenía ninguna noticia nueva pero prefería hablar directamente con usted, ¡ya sabe usted que no es igual hablar con su asistente que hacerlo con usted!

Este comentario le pareció muy molesto a Ana quien le dijo con severidad:

— Fíjese usted señor Sulvarán que mi asistente es ya casi una abogada y tiene tanto tiempo trabajando conmigo que tiene total conocimiento del derecho y del ejercicio del mismo, pues trabaja conmigo desde hace mucho y hace todo lo que yo hago con la misma destreza y tiene pleno conocimiento del estado que se encuentran todos y cada uno de mis casos, por lo que considero que usted puede perfectamente hablar con ella de su caso y confiar perfectamente en lo que ella pueda decirle al respecto en caso de que yo no me encuentre o no pueda atenderle.

El señor Sulvarán puso cara muy seria notando que no debió hacer esos comentarios y se disculpó diciendo

— ¡Ah, pero claro mi Doctora! Yo estoy seguro de que esta chica es excepcional, de eso no me queda duda, por algo trabaja para usted, me disculpo porque no debí decir esas cosas, no ha sido mi intención incomodarla de ninguna manera, disculpe usted Doctora. —Terminó algo preocupado—

— No hay problema señor Sulvarán, siempre que tenga en cuenta lo que acabo de decirle —indicó Ana— y bueno su caso sigue igual, aún estamos esperando por que el tribunal me entregue las copias certificadas para hacérselas llegar a usted, en cuanto las tenga en mis manos le llamo personalmente para entregárselas, ¿estamos de acuerdo? —preguntó Ana segura de que eso haría feliz a su cliente por cuanto sería ella misma quien lo llamaría y ella misma quien le entregaría las copias de su tan esperado divorcio.

— Perfecto mi Doctora —contestó conforme— entonces me retiro para que siga con sus pendientes y por favor discúlpeme el haber venido sin avisar, que tengan ustedes muy buenas tardes se despidió de Ana y de su asistente muy cordialmente—.

El señor Sulvarán se fue y Ana siguió leyendo hasta que ya se hizo la hora de ir a su apartamento, salió tomó un taxi y enseguida llegó.

— Al fin en casa —dijo con alegría— ahora si voy a descansar ya llegó el fin de semana —se dijo a sí misma feliz, se dispuso a ver una película, tomando jugo de lulo que le encantaba y así pasó la noche acurrucada en su cama viendo películas hasta quedarse dormida.

CAPITULO II - CONOCIENDO AL PROCESADO

Todo el fin de semana Ana lo paso en su casa, relajada, leyendo una saga de Cleopatra que se había comprado unos días antes, comiendo cualquier cosa sin preocupación, viendo películas y nada más, fue uno de esos pocos fines de semana que tenía solo para ella, Marcos como era costumbre no llamaba, si no era para contarle alguna novedad que fuese importante solo para él, así que solo recibió un llamada suya en todo el fin de semana, cosa que le alegró profundamente a Ana, pues así logró tener el fin de semana solo para ella alejada del mundo.

Llegó el lunes, Ana despertó muy temprano, se dio su acostumbrado baño de agua tibia y se preparó un café, lo tomó de prisa y salió de su apartamento a la concurrida calle, empezaban a caer unas fuertes gotas de lluvia y en unos minutos estaba cayendo un torrencial aguacero, Ana corrió en busca de un taxi y en un rato ya estaba en su oficina.

— Hola Barbarita, ¡buen día! ¿Qué tal tu fin de semana? — Preguntó a su asistente que ya se encontraba en la oficina, preparando café y presurosa, le dio a Ana una taza de café
— Buen día mi Doctora, el fin de semana estuvo bien, fui de compras con una amiga, salimos a un bar con mi novio, realmente estuvo bueno. ¿Y cómo estuvo su fin de semana? ¿Muy movido? —preguntó con curiosidad, Ana negó con la cabeza y con una sonrisa le comentó
— nada de eso Barbi, solo estuve en casa, tranquila, un fin de semana muy relajado gracias a Dios, no fui a ningún lado, me dediqué a mí.

Luego volvió a su rostro serio que denotaba expresión de trabajo
— a ver cómo estamos de agenda hoy
— su asistente le entregó la agenda sin pronunciar

palabras y Ana se dedicó a leer y organizar su semana de trabajo.

Luego de pasar un buen rato, le dijo a su asistente:

— Barbarita por favor llama a la señora Elba Pinzón, la madre del nuevo cliente, Israel Rincones el que está procesado por Homicidio Doloso, pregúntale si puede venir ahorita en la mañana para conversar y si no puede entonces pregúntale a ver si puede mañana en la mañana —solicitó a barbarita con urgencia—.

— Sí Doctora ahora mismo la llamo —contestó la asistente y salió, dejando a Ana concentrada en la organización de la agenda, en solo unos minutos volvió a entrar— Doctora, la señora Pinzón me dijo que puede venir ahora mismo porque está cerca de la oficina, que solo hará una diligencia y vendrá en cuanto se desocupe que será muy rápido.

— Bien mi niña —contestó Ana satisfecha— por favor tráeme el expediente del señor Rincones rapidito.

— ¡En seguida Doctora! —contestó Barbarita—

En unos minutos ya estaba de vuelta con expediente en mano y además el informe que solía hacer de cada expediente que llegaba a la oficina, donde daba de manera resumida detalles importantes para la fácil comprensión de las cosas más básicas del expediente. Ana tomó el expediente y comenzó a leerlo una vez más, haciendo anotaciones, en momentos ponía cara de dudas y se reía sarcásticamente a ratos, estuvo por un buen rato concentrada en su lectura y anotaciones, hasta que de pronto le interrumpió Barbarita:

— ¡Doctora Ana, ya llegó la señora Pinzón! ¿Le hago entrar? —preguntó—.

— Si por favor Barbie hazle pasar y trae un café para ella —indicó— ah otra cosa, por favor no quiero ser molestada mientras esté conversando con la señora Pinzón, solo que sea una estricta emergencia,

¿entendido? —Aseveró Ana muy seria—

— ¡Seguro Doctora, no será molestada! —Aseguró la asistente—

En seguida entró la señora Pinzón, con su acostumbrada tranquilidad, saludo muy cordialmente a Ana.

— ¡Buenos días Doctora Ana!, estoy contenta de que me haya llamado tan pronto, no sabe lo importante que es esto para mí —agradeció la anciana con afecto— Espero me tenga noticias y que sean buenas, necesito algo que me alegre la vida, aunque sea un poco —dijo con el mismo rostro de tristeza de la última vez—.

— ¿Cómo ha estado usted señora Pinzón?, Pues fíjese que ya leí el expediente con mucho cuidado y le cuento que aunque sin querer darle esperanzas, por lo que pude revisar en las experticias y en el compendio de documentos que implican este asunto, creo que tenemos muchas oportunidades de hacer algo bueno por su hijo, así que solo queda que usted me autorice para ir a visitarlo al centro penitenciario para conversar con él y escuchar de sus propias palabras lo que él tenga para decirme con respecto a este caso. —Señaló Ana, con el conocimiento que tenía de la responsabilidad que estaba asumiendo al aceptarlo—

— ¡Qué bueno Doctora, no sabe la alegría que me da que usted acepte llevar el caso de mi hijo! —Respondió agradecida la señora Pinzón— y bueno claro que le autorizo, ¿Dónde debo firmar o qué debo hacer para que usted empiece cuanto antes a trabajar en esto?

— Bueno por ahora es su hijo quien debe firmar un oficio, donde me nombra como su Defensor Privado y yo misma lo entregaré en el tribunal, si a usted le parece podemos ir juntas al centro penitenciario para que conversemos con él y así le hacemos firmar mi nombramiento, ¿Le parece? —Preguntó Ana, intentando darle prisa al asunto—.

— ¡Por supuesto! —Contestó la señora Pinzón— cuando usted disponga podemos ir, ¡yo tengo tiempo de sobra!
— Bien señora Pinzón, si usted puede, iremos esta misma tarde, la espero acá en la oficina a las dos de la tarde y de aquí nos vamos al Centro Penitenciario. ¿Está bien? —Preguntó—
— ¡Claro que si Doctora!, aquí estaré puntual, entonces quedamos así, yo me retiro, hablamos en la tarde, que pase usted un buen día Doctora —le dio la mano con un apretón fuerte que indicaba alegría a decir por la sonrisa en su rostro y salió de la oficina acompañada por Barbarita—

Ana volvió a sumergirse en la lectura del expediente, estuvo concentrada largo rato, hasta que entró de nuevo Barbarita.

— Doctora, tiene usted varios clientes esperando ser atendidos, los que ya estaban en su agenda, ¿Les hago pasar uno por uno? —Preguntó la asistente—.
— Si mi niña, hazlos pasar por orden de llegada y trae café para cada uno de ellos por favor —ordenó Ana, disponiéndose a recibir a sus clientes—.

Así pasó toda la mañana, unos clientes entraban y otros salían, hasta que terminó cerca de la una y media de la tarde, se comió un sándwich que había traído de casa y un vaso de agua, luego se puso a conversar con Barbarita para esperar a la señora Pinzón, quien llegó puntual como siempre, cinco minutos antes de las dos de la tarde.

— ¡Buenas tardes Doctora! —Saludo alegremente la señora Pinzón— ya estoy aquí, ah y le cuento que vine en el carro de mi hijo, no sé si usted tiene carro, si tiene podemos irnos en el suyo o en el de mi hijo, como usted prefiera Doctora —le dijo la anciana de muy buen humor—.

Ana no tenía carro; cuando tenía dieciocho años quiso aprender a manejar y una de sus amigas de aquel entonces le dijo que le enseñaría, cuando estaba en sus prácticas de manejo con su amiga chocaron y su amiga falleció, situación que no le permite volver a conducir porque cada vez que lo intenta recuerda ese episodio y no se atreve a hacerlo, desde ese entonces a Ana le daba mucho miedo manejar y aunque Marcos le quiso enseñar en algunas ocasiones ella se negó al recordar aquel trágico accidente, entonces se decía de manera divertida "para que manejar si me puede llevar un taxi o algún amigo o amiga con carro".

— No señora Pinzón, no tengo carro —dijo algo entristecida Ana a la anciana— así que tendré el placer de tener una choferesa conduciendo a mi lado.
— Muy bien Doctora entonces nos vamos en el carro de mi hijito, así que no tendremos que andar a pies ni buscar un taxi —sonrió feliz de haberlo hecho bien— además, ha estado lloviendo a cántaros así que mejor tomar precauciones— y entonces rió de buena gana—
— Pues bien, cuando usted diga señora Pinzón, yo ya estoy lista.

Las dos se dispusieron a salir de la oficina y bajaron, en frente del edificio estaba estacionado un carro blanco, no muy nuevo, pero bien conservado, subieron al carro y la señora Pinzón se dispuso a manejar con gran destreza.

Condujeron por casi una hora hasta llegar al centro penitenciario, entraron, se identificaron y en unos minutos estaban en la sala de espera de la penitenciaría esperando al procesado Israel Rincones. Esperaron por más de media hora hasta que acompañado por dos guardias llegó Israel Rincones, un hombre de unos cuarenta años, con cabello negro medio crespo, bien cortado, ojos claros no tan amarillos como los de su madre, cejas bien pobladas, nariz pequeña medio redondeada, sus labios muy bien torneados no tan gruesos, su rostro era cuadrado, con hoyuelos en las mejillas, no tan alto de mediana estatura, con hombros anchos, cuerpo bien definido, un hombre con un misterioso atractivo.

Ana se quedó en un profundo estado de limerencia, cuando lo vio, se sorprendió, esperaba que aquel hombre de su expediente fuera quizás más común, que tuviera la típica cara de un hombre vinculado al mundo delictivo, esperaba ver en su rostro algún ápice de maldad, pero aquel hombre con solo mirarlo, atrajo su atención de una manera inapropiada para la posición en la que ella se encontraba en ese momento, era su abogada defensora y no podía permitirse mirarlo de otra manera, su ética profesional no se lo permitía, sin embargo, no podía dejar de mirar con atención aquel atractivo rostro y esos hoyuelos en las mejillas la cautivaron sin darse cuenta.

Israel se sentó junto a ellas y saludó a su madre de manera afectuosa

- hola mi viejita — le dijo a su madre cariñosamente guiñándole un ojo ¿Cómo estuvo tu fin de semana? preguntó—
- Bien hijito —contestó su madre con ternura— pero no vinimos a hablar de mi fin de semana, te presento a la Doctora Ana Franco, ella es quien se encargará de tu caso de ahora en adelante —dijo su madre entusiasmada— estoy segura que ella si nos va ayudar a solucionar este malentendido, porque yo sé que es un malentendido, ¿cierto hijito? —le preguntó la anciana a Israel—.
- Si madre, ¡un absurdo malentendido!

le contestó con cara muy triste a su madre, entonces volteó su mirada hacia Ana, la miró con duda, la miró con mucha atención, la miró como examinando el rostro y cuerpo de Ana, se concentró tanto en los ojos de ella que por un momento la hizo sonrojar, cosa que ella disimuló casi de inmediato, Israel notando la incómoda situación que había creado a la Doctora Franco, cambió a un estado de ánimo más relajado y se decidió a hablarle.

— ¡Un placer conocerla Doctora! —Le estrechó la mano con fuerza, haciendo que Ana sintiera un ligero calor en todo su cuerpo, soltó su mano, pero no dejaba de mirarla con mucha atención— ¡lástima que nos conozcamos en un momento tan complicado de mi vida!, si hubiese sido en otras circunstancias le hubiese invitado un café y la conversación sería totalmente distinta a la que tendremos hoy —aseguró Israel con mirada triste—.

— ¡Igualmente señor Rincones! —Contestó Ana aún perturbada por la mirada de su cliente, pero retomando la seguridad que le caracterizaba como abogada reconocida, empezó su entrevista con Israel— bien, estoy acá para conocerlo, para que me hable de la situación que lo llevó a estar involucrado en este delito, en fin, que me dé detalles explícitos de todo lo que sabe para organizar su defensa, además y lo principal es que me firme este documento donde usted me nombra su abogada defensora para esta causa, esto a los fines de dar a conocer al tribunal que yo seré su abogada defensora de ahora en adelante y realice la juramentación pertinente, ¿soy clara señor Rincones? — Preguntó Ana con mucha seriedad—

— Israel sonrió tímidamente— ¡me queda muy claro Doc! Está bien, yo le firmo lo que sea, ¡si mi amor dice que usted es la abogada, eso no se discute, mi madre siempre tiene la razón! —Firmó el documento que ya Ana había dispuesto sobre la mesa, Ana lo tomó y lo guardó de nuevo en su carpeta de cuero negra—.

— Bien señor Rincones, entonces le escucho, por favor cuénteme los hechos, todo lo que usted conoce sobre la muerte de este señor, sin omitir detalles por favor, no deje de informarme ningún detalle por más insignificante que le parezca —Le indicó Ana disponiéndose a prestarle toda la atención—.

— Bien le cuento lo que sé —dijo Israel con cara poco expresiva— yo estaba tomando unas cervezas en el bar de unos amigos y cerca de las doce les dije a los muchachos que me iba porque tenía trabajo al día siguiente, aunque ellos me insistieron que me quedara yo no accedí y me dispuse a salir del bar que estaba ubicado en chapinero, allí están ubicados muchos bares de la ciudad que son muy concurridos y generalmente a esa hora hay muchísima gente en la calle, así salí y comencé a caminar, tres cuadras más abajo en una calle camino a casa, que estaba solitaria escuché unos gritos de un hombre y caminé más de prisa hacia donde escuchaba los gritos, cuando me acerqué más hacia un contenedor de basura del otro lado salieron dos hombres corriendo y desaparecieron en la oscuridad, me acerqué y del otro lado del contenedor estaba tirado un hombre aún con vida que pedía auxilio, yo corrí hacia él, yo no lo conocía pero igual corrí a auxiliarlo, sangraba mucho, su rostro estaba lleno de sangre y en el pecho pude ver varias heridas de donde borbotaba muchísima sangre, lo agarré con fuerza, pidiéndole que no se muriera, le decía "no te mueras", empecé a gritar pidiendo ayuda pero el hombre murió en mis brazos sin decir una palabra, llegaron varias personas y por fin llegó una ambulancia, se amontonaron un montón de curiosos alrededor nuestro y enseguida llegó la policía haciendo muchas preguntas, empezaron a revisar toda el área sin encontrar nada de evidencias, entonces asumieron que había sido yo quien había matado a aquel hombre a pesar de que yo no tenía ningún arma en mis manos, así me llevaron con ellos y lo demás usted ya lo sabe por cuánto mi madre me dijo que tenía usted el expediente y ya debió leerlo, cierto? —Preguntó Israel con interés—.

— Sí, —Respondió Ana quien no había quedado muy clara con respecto a los hechos que le narró su cliente, así que empezó a preguntar—

— ¿Por qué usted tomó a ese hombre en sus brazos si sabía que no se debe y además era una persona desconocida? ¿Porque usted no le conocía cierto? ¿Por qué razón usted tomaría a este hombre en sus brazos de esa manera?

— En realidad, yo no pensé en las consecuencias doc, —dijo éste un poco molesto- yo solo me dispuse a ayudarle porque es un ser humano que me necesitaba, en verdad nunca pensé estar siendo culpado por algo como esto sollozó murmurando con las manos en la cabeza y el rostro contrariado—.

Ana estaba conmovida al ver el rostro triste de aquel hombre, usualmente ella no se conmovía ante las tristezas de sus clientes, solía mantenerse neutral ante situaciones como ésta, no entendía como aquel hombre que posiblemente había asesinado a un ser humano, pudiera hacerle sentir compasión y aún peor, sentía ternura hacia Israel, una persona que acababa de conocer y un posible asesino, se molestó con ella misma por esos sentimientos tan extraños para ella y entonces retomó la cordura y prosiguió…

— Dígame algo señor Rincones, —Preguntó Ana— ¿alcanzó usted a ver a alguno de los hombres que usted dice salieron corriendo de los hechos cuando usted llegó?

— No doc, estaba muy oscuro y ellos llevaban ropas negras y cuando alcancé a verlos ellos ya estaban alejándose, solo los vi de espaldas en la oscuridad así que para mí solo fueron sombras corriendo en la noche Contestó Israel con la cara agachada mirando el piso—

— Bueno señor Rincones —se dispuso a explicar Ana— la cuestión está bien difícil para usted y para mí como su abogada defensora, sin embargo, es preciso que lo que me está diciendo sea la verdad, si usted fue el responsable de la muerte de este hombre es preciso que me sea sincero porque debo trabajar con la verdad para poder ayudarlo de cualquier manera.

La cara del aquel hombre se tornó roja de furia y gritó con aparente indignación

— Le estoy diciendo la verdad doctora, ¡yo no he matado a nadie! ¡A nadie!, ¿es que acaso no me cree? Yo nunca mataría a nadie doctora —se recostó llorando como un niño sobre la mesa, hasta calmarse y habló esta vez con más calma— ¿Por qué usted no me cree doctora?, si usted es mi abogada y me va a defender en esta situación ¿no se supone que debe creer en lo que le estoy diciendo? Si no es así ¿Para qué está usted aquí? Dígame doctora ¿Para qué?

Ana ya acostumbrada a estas reacciones en clientes nuevos que no la conocen le respondió:

— yo solo estoy haciendo preguntas señor Rincones, no se altere, es necesario que le haga estas preguntas porque yo a usted no lo conozco y es importante que hablemos con la verdad, si usted me asegura que esa es su verdad entonces yo lo defenderé con base en esa verdad y toda mi defensa se dirigirá en buscar los hechos que le ayuden a salir absuelto de esta situación, son solo preguntas necesarias para yo tener clara su situación, ¿está claro?
— Disculpe doctora —Respondió Israel un poco apenado por su reacción— le pido me disculpe y me entienda, no es fácil estar aquí encerrado siendo inocente, voy a intentar estar calmado, no quiero que usted malinterprete mis reacciones, yo por lo general no actúo de esa manera, ¿verdad mi viejita? —Se dirigió a su madre que estaba sentada a un lado sin emitir palabra

alguna para que ambos pudiesen hablar sin ser interrumpidos— ¡así es hijito! —Respondió la anciana con visible tristeza— yo estoy segura de que eres inocente, yo creo lo que dices y sé que la doctora Ana también te creerá cuando te conozca bien, así que mantén la calma para que la doctora pueda hacer su trabajo.

Israel retomó su compostura y le volvió a sonreír a Ana con esa mirada que a ella le perturbaba tanto y aquellos hoyuelos en las mejillas que la trastornaban.

Por un momento Ana se había quedado perdida en el rostro de aquel hombre… ¡Doctora! escuchó muy lejano y un momento después más fuerte

- ¡Doctora! —le hablaba Israel mirándola con los ojos muy abiertos— ¿está usted bien?
- Si, si ¡disculpe! —reaccionó recobrando la compostura inmediatamente y pensando apenada si se habría notado que estaba así a causa de aquel hombre, entonces apresuradamente dijo— bueno, creo que es todo por hoy, ya me tengo que ir, yo voy a estar en contacto, cualquier información que le tenga al respecto le haré saber por medio de su madre o le vendré a visitar cada vez que sea necesario, ¿está bien señor Israel? —Preguntó sin mirar al hombre sino mirando nerviosamente su carpeta y organizando unos documentos ya organizados—
- Si doc —le contestó Israel— espero por su visita, le pido por favor haga lo que tenga que hacer, pero ¡sáqueme de aquí, yo soy inocente!

Ana, esta vez mirándolo a los ojos le dijo con firmeza:

- Haré todo lo que esté en mis manos Señor Rincones, le aseguro que trabajaré duro para demostrar su inocencia.

Le dio la mano sintiendo el mismo calor que recorría su cuerpo la primera vez que la estrechó soltándose de prisa, entonces se dispuso a retirarse, cuando la señora Elba la retuvo diciendo:

— ¡Espere doctora! yo la llevo de vuelta a su oficina o a donde quiera que vaya, recuerde que tengo un carro dispuesto para usted —sonrió la anciana feliz de poder colaborar con Ana en algo— ¡vamos doctora! adiós hijito —se despidió de su hijo con un abrazo y varios besos en su rostro, entonces se retiraron las dos, dejando a Israel con una leve sonrisa en su rostro al mirarlas partir, sonrisa que confundía a Ana porque no sabía la descifrar, no sabía si era una sonrisa sarcástica o una sonrisa de tranquilidad, aún ella no conocía a aquel hombre como para saberlo y le dejaba dudas como abogada y en su corazón—.

CAPÍTULO III - MIEDO EN EL CORAZÓN

Unos días después, en una de esas mañanas acostumbradamente frías de Bogotá, Ana se había vuelto a reunir con Marcos, estaban en el mismo café de siempre, esta vez Ana ya estaba decidida a terminar su relación con él, entonces le dijo:

— ¡ya no podemos seguir Marcos! y no puedes estar evadiendo esta conversación por más tiempo, es necesario que terminemos, ya nuestra relación no tiene sentido, hablamos muy poco, no tenemos planes para una vida futura que no sean solo los tuyos, ¡en realidad yo no puedo seguir así! Espero que lo entiendas —Ana estaba determinada a terminar con esa relación—

— Tranquila Ana —respondió Marcos sin un ápice de tristeza en su rostro, más bien parecía que le habían quitado un peso de encima, se le observaba relajado y hasta feliz— está bien, acepto terminar esta relación, si tú no te sientes contenta con lo nuestro entonces no tiene sentido seguir, no voy a llorar ni pedirte que no me dejes, ¡es tu decisión!, tú lo has querido así, espero que podamos conservar la amistad si lo deseas le dijo Jesús, tan tranquilo que su respuesta no dejó de sorprenderle a Ana, quien se esperaba una discusión más acalorada sin embargo se encontró a un hombre dispuesto a terminar con la relación sin oponerse de ninguna manera- ¡Parece que hasta le gustó que terminemos! —se dijo Ana a sí misma sorprendida pero feliz de haber terminado ya algo que no le estaba haciendo bien.

Así, salieron los dos, como viejos amigos y despidiéndose con un beso en la mejilla como si jamás hubiesen sido novios y simplemente fuera la despedida de siempre de dos amigos.

Ana caminó pensativa, pero no pensaba en Marcos, ni en la

relación terminada, pensaba en Israel, aquel hombre que desde que lo miró por primera vez no salía de sus pensamientos, recordaba su mirada penetrante, su sonrisa que la cautivó a penas verlo sonreír, y esos hipnotizantes hoyos en sus mejillas. Pensaba en él como hombre, no como su cliente, no como el hombre que posiblemente había asesinado a otro premeditadamente, su corazón se aceleraba cuando recordaba el calor que le produjo estrechar su mano, era una sensación extraña y hermosa a la vez, sentía la necesidad de volver a verlo, revisaría todo el procedimiento en el tribunal y buscaría una buena excusa para ir a visitarlo al centro penitenciario, sin embargo no dejaba de preocuparle el hecho de que aquel hombre tenía una mirada misteriosa que a ella le gustaba mucho pero se preguntó muy objetiva si aquel hombre no estaría ocultando algo, si estaría mintiendo cuando habló con ella, si sería un descarado asesino en busca de salir ileso de aquel homicidio, Ana se encontraba perturbada, contrariada, le atraía aquel hombre y le asustaba a la vez, tenía sentimientos encontrados por Israel Rincones, esperaba muy en el fondo de su corazón que fuera el hombre bueno que la señora Pinzón decía que era, su corazón latía con fuerza sin darse cuenta, caminó sumida en sus pensamientos, hasta llegar a la oficina.

Pasó varios días trabajando en todos sus casos pendientes y muy especialmente en el de Israel Rincones, quien se había vuelto su cliente favorito, en cuanto a investigaciones y búsqueda de celeridad procesal, quería avanzar rápidamente en ese caso para así poder ir a verlo con una buena excusa, pasó largas horas en el tribunal, habló con fiscales, introdujo escritos, preparó alegatos, habló con los jueces, con secretarios y así pasaron varias semanas hasta que ya tuvo motivos suficientes para visitar a Israel, llamó a la madre de Israel para informarle que iría a visitarlo y dispuso el miércoles siguiente en la mañana para hacerlo, esperaba ansiosa que llegara ese día, trabajó en sus causas pendientes con la ayuda de su asistente y así avanzaron los días que a Ana le parecieron eternos.

Por fin llegó el día tan esperado por Ana, vería de nuevo a Israel Rincones, aquel hombre que la había cautivado y que no salía de sus pensamientos desde que lo vio por primera vez, se levantó muy temprano, se dio un baño, lavó su hermoso cabello largo y liso, preparó café como de costumbre y empezó a seleccionar la ropa que se pondría, tendría que estar hermosa sin ser exagerada, discreta eso sí, muy discreta, pero tenía que verse muy bien, quería que Israel la viera bella, era imprescindible para ella que aquel hombre la viera bella.

Pero, ¿por qué estoy haciendo esto? Se preguntó sorprendida del interés en su apariencia por primera vez para ver a un cliente y posible asesino- ¡Ay Dios Ana! ¿Qué demonios te está pasando? ¿Cómo puedes estar pensando tanto en un hombre que posiblemente mató a alguien? ¿Te volviste loca? Ahhhhh gruñó molesta con ella misma, pero sin dejar de buscar el mejor atuendo que tenía. Se decidió por un vestido negro con mangas largas, le daba hasta las rodillas, era discreto pero uno de los más bonitos que tenía para ir a trabajar, le quedaba ajustado al cuerpo lo que le hacía notar su figura bien definida, encima se puso un sobretodo blanco con bordes negros un poco más largo que el vestido, el cual combinaba perfectamente con éste, se puso sus hermosas botas negras de tacón alto, se hizo su acostumbrada cola de caballo en el pelo y luego la soltó, decidió que se vería mejor con su largo cabello suelto, se maquilló muy discretamente, puso un brillo rojo en los labios que los hacían ver un poco más gruesos pero no exagerados, entonces se miró en el espejo y ya contenta con el resultado final, terminó su café y salió de su apartamento muy de prisa porque había acordado que estaría en el centro penitenciario a las nueve de la mañana, ya sobre la hora tomó un taxi que en cuarenta y cinco ya la había dejado en el reclusorio. En la entrada del centro penitenciario sintió una emoción que hacía mucho tiempo no sentía, estaba feliz y confundida, se confrontaba a ella misma con severidad por esta terrible confusión que sentía en sus pensamientos y en su corazón. Entró, se identificó, informó al guardia de custodia que esperaba hablar con el recluso Israel Rincones y esperó paciente y ansiosa a la vez, el tiempo se le hizo eterno, no soportaba la espera, hasta que veinte minutos más tarde, llegó Israel custodiado por dos guardias de seguridad.

Él la miró más lleno de emoción que la primera vez, la miró de una manera que la hizo ruborizar una vez más

— ¡Buenos días Doc! ya estaba ansioso por verla de nuevo y tener información de usted La observó de pies a cabeza con mucha atención y su mirada se llenó de brillo al hacerlo- si me lo permite Doc, ¡está usted hermosa hoy! —dijo con rostro sorprendido— Y disculpe mi atrevimiento, pero tenía que decírselo —se quedó de pies mirándola extasiado—

Ana ya estaba acostumbrada a los halagos, pero éste en especial le hizo saltar el corazón de emoción, se sintió feliz de que Israel hubiese notado que se había esmerado en arreglarse, solo le tranquilizó que no supiera que lo hacía para él exclusivamente. Entonces le sonrió amablemente y por fin logró hablar.

— Buen día señor Rincones, gracias por el cumplido, pues si le tengo noticias unas buenas y otras no tanto, creí necesario que usted tenga la información de cómo va su procedimiento hasta ahora —dijo Ana manteniendo su seriedad y calmando la ansiedad interna que sentía —.
— ¡Bien Doc, soy todo oídos! —Contestó él señalándole el asiento que estaba a su lado dispuesto para las entrevistas, se sentaron ambos y ella empezó a explicarle a Israel su situación real —.
— Ok señor Rincones, hasta ahora he revisado con mucho detenimiento todo su expediente y he

encontrado fallas procedimentales en la experticia de la policía, ellos señalan que lo encontraron a usted alejándose apresurado del cuerpo del hoy occiso, pero la buena noticia es que hay un testigo que apareció en estas semanas y el cual ya fue entrevistado por la fiscalía, el cual señala que lo vio llegar a usted minutos después de que observó que reñían varias personas, éste testigo dice haberlo visto a usted llegar cuando dos de las personas ya se habían ido y señaló también que usted se quedó al lado del cuerpo tomándolo en sus brazos, lo malo de esto es que el testigo dice no estar seguro de que el hombre que se hallaba en el suelo estuviera muerto o vivo antes de que usted llegara, sin embargo todo lo que él dijo concuerda con su testimonio a la policía, por lo tanto tenemos algo a su favor, por otra parte, no ha aparecido el arma objeto del crimen, no se encontró por ningún lado y usted no tenía ningún arma en su poder para asegurar que lo haya hecho usted, por otra parte se ha declarado que no hay manera de que usted conozca al hoy occiso, se han investigados sus amistades, su familia incluso si usted tuviese pareja ya la hubiesen investigado, pero hasta ahora todas las investigaciones no lo señalan como autor del delito, sin embargo, la fiscalía aún sigue investigando porque aún hay tiempo… —así prosiguió Ana explicando todos los detalles muy concentrada sin percatarse de que Israel la miraba de una manera muy enternecedora en ocasiones, en otras la miraba con deseo pero él disimulaba bajando la cara hacia el suelo para luego levantar el rostro y quedarse como hipnotizado escuchando sin escuchar todo lo que su abogada tenía para decir, hasta que de pronto Ana interrumpió su letargo con una pregunta—

— ¿Si me ha comprendido todo lo que le dicho señor Rincones? —peguntó Ana—

— Si doc, ¡perfectamente! Yo no dudo que todo lo que usted haga va a dar con mi inocencia, porque soy inocente y no hay manera que se pueda demostrar lo contrario —dijo Israel aún extasiado con la belleza de Ana—

Ana se dio cuenta de que Israel la miraba de esa manera que a ella le gustaba y decidió ser un poco más informal preguntando

— y cuénteme, ¿Cómo lo tratan acá? ¿Ha tenido usted una muy mala experiencia acá? Bueno qué digo, seguro no ha de ser bueno estar acá encerrado, disculpe usted —dijo Ana avergonzándose de su torpeza—

— Tranquila doc, después de todo no ha sido tan malo —contestó Israel sonriendo tímidamente— no he tenido problemas con nadie así que ya es bastante pedir, no se duerme en un lugar cómodo, la comida es poca y muy mala, lo demás no tiene importancia. Me alegra mucho que usted esté animada, quiere decir que se está dando cuenta que soy inocente y que podrá demostrar mi inocencia en el juicio — aseguró—

— ¡Oh no! No crea que porque yo piense que es usted inocente lograremos su absolución inmediatamente, solo le digo que vamos bien, vamos muy bien, por suerte apareció este testigo y existen muchos errores en las experticias y en el procedimiento que son de mucha ayuda para usted, pero que yo lo considere inocente no es suficiente para que usted salga de acá —aseguró Ana, para no crear falsas expectativas en su cliente.

Israel tomó la mano de Ana entre las suyas y mirándola a los ojos le dijo

— Con que usted me crea inocente mi Doc yo ya me doy por afortunado, no sabe lo importante que es para mí que usted crea en mi palabra, de verdad muchas gracias doctora Ana —y unas lágrimas rodaron por sus mejillas que se habían ruborizado—

Ana sintió que su corazón quería salir de su pecho e inmediatamente soltó la mano de las de su cliente y dijo:

— ¡No es necesario que me lo agradezca señor Rincones! Es mi trabajo, para eso me contrató su madre —su rostro estaba totalmente ruborizado por el gesto de Israel y se vio totalmente desconcentrada y como una tonta sin saber qué más hacer, se dio cuenta inmediatamente de lo que ella misma se había negado a creer, estaba enamorada de aquel recluso, que era su cliente y que posiblemente había asesinado a alguien, ella estaba sin ninguna duda enamorada de Israel Rincones. Se apresuró a recoger su carpeta y ponerse de pie y sin dar chance a nada más se despidió de prisa y tartamudeando—.

— Bu… bueno señor Rincones, ya me tengo que ir, en cuanto le tenga más información vendré para dársela, y bueno esperemos que todo siga como va hasta ahora, ¡hasta luego! —Le dio la mano y la soltó de prisa y salió casi corriendo de la sala de entrevistas del centro penitenciario, con el corazón totalmente exaltado y reprochándose haber dejado que se le notara lo nerviosa que se encontraba cuando estaba cerca de ese hombre. Salió del centro penitenciario, tomó un taxi y se fue como huyendo de un peligro inminente—.

Habían pasado ya dos semanas desde que estuvo en el centro penitenciario visitando a Israel Rincones, aunque tenía muchas ganas de volverlo a ver se contuvo lo más que pudo, tuvo mucho trabajo esos días y la mente estuvo siempre ocupada, por lo que distrajo sus pensamientos en labores. Era un jueves por la tarde, ya Barbarita su asistente se había retirado y ella se encontraba sola en su oficina, leyendo unos expedientes y tomando café, cuando sonó el timbre de la oficina, ella se acercó a la puerta y la abrió, para su sorpresa estaba allí Marcos, su ex novio, tenía la cara muy triste a punto de llorar, corrió hacia ella y la abrazó sin ella poder evitarlo, así se quedaron por unos minutos, hasta que la soltó y le dijo a Ana...

— Necesito hablar contigo Ana, te necesito —dijo Marcos con amargura- no puedes negarte a hablarme, necesito que me escuches, necesito hablar contigo ¡por favor! -Le imploró ya con lágrimas en los ojos—.

Ana contrariada y algo preocupada de verlo tan mal, lo tomó de la mano haciéndolo pasar a la oficina y le dijo:

— ¿Qué te pasa? ¿Por qué estas así?, siéntate te preparo una aromática para que te calmes —corrió a donde tenía la mesita con los utensilios para preparar la aromática y rápido con la taza volvió con Marcos para tranquilizarlo— Ten, tómate esto te hará bien — le dijo en tono tranquilizador— a ver Marcos cuéntame lo que te pasa, nunca en todo el tiempo que llevo conociéndote te vi tan mal como ahora, ¿puedes explicarme qué te pasa? —preguntó curiosa pero casi con la certeza de que había sido ella misma la culpable del estado de ánimo de Marcos—.

— ¡Ana, yo no puedo estar sin ti!, intenté de mil maneras de que no me afecte que ya no quieras estar conmigo, pero es imposible, ¡imposible! —Le dijo sollozando con las manos cubriendo su rostro, luego la miró con una tristeza que ella jamás hubiese imaginado y acercó sus manos al rostro de Ana para acariciar sus mejillas— yo quisiera echar atrás todo lo que pasó y empezar de nuevo, yo puedo cambiar si tú quieres pero no abandones nuestra relación, no me dejes porque me he dado cuenta que no quiero estar sin ti —le dijo Marcos ya un poco más calmado, tomando la taza con la aromática que le entregó Ana— ¡Ana hablemos! Solucionemos las cosas ayúdame a solucionar para conservar nuestra relación —le pidió Marcos en espera de que Ana reflexionara al respecto y cediera a sus peticiones—

Ana estaba confundida, no sabía qué hacer, pensaba en Israel y en lo que sentía por aquel hombre en el centro penitenciario que le había hecho sentir cosas sin siquiera conocerlo, cosas que nunca había sentido por Marcos ni por ningún otro hombre en su vida, sin embargo pensaba que a marcos sí lo conocía sabía quién era, no tenía misterios ni secretos para ella, en cambio Israel era un total desconocido para ella, le daba miedo pensar que realmente hubiese asesinado a alguien y no sabía por lo tanto de qué cosas era capaz aquel desconocido que llegó a cautivar su corazón y a enloquecer sus pensamientos. Por un momento miró a Marcos con ternura y la cordura llegó para ayudarle a decidir.

— Está bien Marcos, —soltó Ana determinada a acabar con aquellos pensamientos que para ella estaban mal, los pensamientos sobre Israel, entonces le dijo con la intención de dejar clara su postura— solo te pido una cosa, no me digas que debo dejar de ejercer mi profesión una vez estemos casados porque eso será suficiente para que esto termine definitivamente, vamos a retomar la relación y bueno ya veremos más adelante… ¿está bien? —preguntó—

Marcos feliz por la decisión de Ana de volver con él la abrazó y dándole muchos besos en el rostro le dijo:

— ¡Gracias mi chiquita! ¡Muchas gracias! Ya verás que

todo va a estar bien, las cosas serán mejores de ahora en adelante, no sabes lo feliz que me has hecho, de ahora en adelante prometo escucharte más y claro que podrás seguir trabajando en lo que tú quieras, ¡seguirás siendo la mejor abogada de todo el país!, te prometo que cambiaré, todo lo que tenga que hacer lo haré por ti —marcos estaba feliz, su rostro de tristeza se había tornado a una alegría descontrolada, no dejaba de abrazarla y besarla y de dar vueltas por la oficina y volver a ella para abrazarla una vez más—.

Ana sonreía, pero en el fondo de su corazón estaba triste y asustada a la vez, estaba segura que la decisión que había tomado era la mejor, Marcos era un hombre al que conocía bien, pero le venía al pensamiento Israel, no salía de su mente le aterraba la idea de estarse enamorando de un total desconocido, entonces le pareció que la cordura le había hecho tomar la mejor decisión, debía retomar su relación con Marcos para así olvidarse de Israel, aquel hombre procesado por un delito tan grave como el de asesinar a otra persona y ella sin la certeza de que aquel hombre realmente fuera inocente o si de hecho había cometido el delito, sin embargo le amaba, le amaba con todo su corazón sin siquiera conocerlo, pero debía enterrar ese sentimiento por su bien, pensó

— Está bien Marcos, empezaremos de nuevo, vamos a hacerlo mejor ¿sí? —le dijo ella con una tímida sonrisa—
— ¡Si mi chiquita lo haremos mejor! Y para celebrar te invito a cenar, te llevaré al lugar más lindo de la ciudad, ¿vamos?

Ana no tenía muchas ganas de salir, solo quería correr a su apartamento y estar sola, quizá para pensar por la decisión que había tomado de reprimir su verdadero sentimiento, sin embargo, se llenó de valor y puso en su rostro la mejor de sus sonrisas y contestó

— ¡Si Marcos, vamos!

Así salieron de la oficina, los dos tomados de la mano, él feliz y ella algo perturbada pero decidida a seguir adelante con su relación y próximo matrimonio con Marcos y a dejar atrás cualquier pensamiento que la llevara a cometer el error de pensar en algo con Israel Rincones.

CAPÍTULO IV - DESCUBRIENDO LA SUPUESTA INOCENCIA

Ya hacía un mes desde su reconciliación con Marcos, Ana ha estado haciendo las investigaciones pertinentes al caso de Israel Rincones, no lo había visitado al centro penitenciario desde que se despidió abruptamente de él por miedo a que se le notaran sus sentimientos. En las investigaciones que había hecho la fiscalía y las que había realizado ella misma al respecto todo parecía mostrar a Israel como supuesto inocente de delito que se le acusaba, hasta que la investigación sufrió un giro repentino, una testigo que encontró la fiscalía, decía conocer a Israel y al occiso y señalaba que ambos sí se conocían. Laura Castillejo era el nombre de aquella chica, decía haber sido novia del occiso y decía también conocer a Israel, quien supuestamente estaba enamorado de ella e insistía en tener una relación a la que supuestamente ella se negaba rotundamente porque decía amar a su novio Joan Aristigueta el occiso, todo esto según alegatos y listado de testigos emitidos al tribunal por la fiscalía.

Ana totalmente contrariada y molesta al pensar que Israel le había mentido en cuanto a que conocía o no al occiso decidió hacerle una visita sin aviso al centro penitenciario para confrontar a aquel hombre y aclarar la situación que la dejaba a ella como una perfecta tonta al defender su inocencia señalando entre otras cosas que no conocía al hombre asesinado y por otra parte y lo que más le afectaba a ella era el hecho de que Laura Castillejo aseguraba que Israel estaba enamorado de ella e insistía en una relación.

Dos horas más tarde se encontraba ya en el centro penitenciario a la espera de que trajeran a Israel, cuando lo trajeron los custodios al mirarlo con su tímida sonrisa, por un momento olvidó su molestia y deseó abrazarlo fuerte pero su control fue heroico, recordó a Laura Castillejos y su rostro se tornó severamente serio cuando saludó muy secamente.

— Buenas tardes señor Rincones —dijo Ana más molesta que seria— tome asiento por favor — indicó —

Israel totalmente contrariado por la cortante seriedad de Ana, se sentó y dijo...

— Buenas tardes mi Doc. Usted como siempre viene a alegrarme la vida con su belleza, pero hoy no sonríe, ¿será que no me trae buenas noticias? ¿O algo la hizo molestar antes de venir acá?, ha venido usted sin avisar mi Doc. Cuénteme ¿a qué debo el honor de su agradable visita? —preguntó Israel ya preocupado al mirar la cara seria de Ana, quien antes a pesar de ser seria se mostraba más agradable y sonreía, aunque tímidamente, cosa que a Israel le gustaba mucho—.
— Bien señor Rincones realmente mi visita aquí hoy no es para darle buenas noticias -señaló Ana molesta- ¿conoce usted a la señorita Laura Castillejo? — preguntó sin darle vueltas al asunto—.

Israel con cara pensativa como buscando en su memoria le dijo sin titubear

— no mi Doc. ¿Debería? —preguntó—

Ana se alteró mucho más y dijo:

— ¡Sí, debería señor Rincones!, pues esta chica dice ser novia del occiso y dice conocerlo a usted, señala que usted ha estado buscando tener una relación amorosa con ella y que ella le ha rechazado insistentemente, asegurando estar muy enamorada del fallecido, ¿qué sabe usted de esto señor Rincones? Y por favor sea serio y hábleme con la verdad porque yo no puedo seguir una defensa donde me mienten desde el comienzo y aún ahora lo hace —le dijo de manera muy alterada levantando la voz—.

— Fíjese mi Doc. —habló Israel totalmente controlado, tranquilo y con esa misma sonrisa que a ella estaba empezando a molestarle porque no entendía— le he dicho la verdad desde el principio, yo a usted aunque quisiera no le mentiría, a mí me importa demasiado lo que usted pueda pensar de mí —le dijo sin dejar de sonreír— yo no conozco a esa señorita que usted nombró y por lo tanto, menos pude haber estado enamorándola si no la conozco ¿no cree usted? —se siguió sonriendo, lo que a Ana le molestó aún más—

Ella totalmente contrariada le dijo:

— Quisiera creerle señor Rincones, de verdad le quiero creer, pero esa chica fue muy segura en el momento de dar sus declaraciones a la fiscalía, lo describió a usted muy bien y aunque ciertamente no pudo indicar de otras personas que le conozcan a usted y que sepan de sus supuestas intenciones para con ella y de su conocimiento de la relación que ésta tenía con el señor Joan Aristigueta, pues fue muy clara y aparentemente creíble todo lo que dijo a la fiscalía. ¿Ahora entiende usted mi molestia? Eso complicaría totalmente toda su situación en el proceso, porque lo vincularía de manera directa al homicidio y la fiscalía lo señalaría como un homicidio pasional, ¿entiende usted las complicaciones que tiene que usted realmente conozca a la susodicha y al occiso? ¿lo entiende señor Rincones? — preguntó en lo que más parecía un ruego de que no fuese cierto todo aquello y más bien fuese una confabulación en contra de su defendido para inculparlo y sacar del problema a los verdaderos autores de aquel delito —

— Mi Doc. —contestó Israel mirándola fijamente a los ojos y tomando sus manos de una manera tranquilizadora— ya le dije que no conozco a esa chica, no conozco al hombre que murió, no tengo nada que ver en ese asunto, seguro quienes lo hicieron están haciendo todo esto para salvarse ellos de ir a prisión y que me quede yo acá pagando culpas ajenas coincidió Israel con los pensamientos de Ana, entonces a la abogada se le vinieron ideas claras de defensa para Israel, tomando en cuenta que ambos coinciden y que ciertamente no había procesalmente nada que vinculase a su defendido con el occiso y la mujer que pretendía hacerlo ver como culpable, ningún otro testigo que diera fe de conocerlos a ambos y saber de su relación así que a Ana se le iluminó el rostro y ya tranquila, fue que se dio cuenta de que Israel aún sostenía sus manos y la miraba fijamente a los ojos, ella se sonrojó sin poder evitarlo y empezó a temblar entonces le dijo —.

— Yo realmente quiero que usted salga absuelto de este delito señor Rincones, porque le creo, le creo que usted es inocente y porque en el proceso no hay nada que lo haga directamente responsable de ese delito, solo conjeturas mal expresadas en los informes policiales y supuestos sin objetividad de la fiscalía, así que si lo que usted dice es verdad, le aseguro que seguiré luchando para demostrar su inocencia, realmente me importa mucho demostrar que es usted inocente —dijo Ana sin pensar y sin darse cuenta de que Israel había notado en sus palabras que algo le pasaba a ella cuando estaba cerca de él , lo que a Israel no le molestó, más bien, su rostro se iluminó y su sonrisa se amplió aún más, entonces con esa felicidad que no podía disimular Israel le dijo —

— No sabe mi Doc., lo feliz que me hace saber que me

cree y que le importo o por lo menos le importa mi verdad, ¡realmente no sabe cuánto! -esta vez la miró diferente, la miró con los ojos llenos de ternura y de amor, la miró sin pensar, la miró sin discreción, la miró para que ella se diera cuenta que ella a él también le importaba más de lo que ella pensaba.

Ana quedó allí inmutada, perdida en su mirada, seguía temblando, intentando no dejar ver lo que ya era obvio, estaba enamorada de Israel y él ya lo sabía y por cómo él la miraba, ella sabía que era correspondida, los dos quedaron allí, en silencio pero hablando con sus ojos, él aun tomando las manos de Ana, esta vez las acariciaba suavemente y ella se dejó llevar por aquellas caricias y le sonrió por primera vez con una sonrisa tímidamente enamorada que ya no podía disimular, así estuvieron sin saber cuánto tiempo, hasta que fueron interrumpidos por un guardia de seguridad

— Doctora ya es hora —señaló el guardia— Ana se soltó suavemente de las manos de Israel y le dijo— Sí, ya... ya termino, unos minutos y salgo, disculpe —El guardia cerró de nuevo la puerta de la sala de entrevistas, entonces Ana aún perpleja por la situación, le dijo a Israel—

— Bu... bueno, señor Rincones... —pero Israel la interrumpió diciendo—

— Israel mi Doc, puede llamarme Israel —y sonrió dulcemente—

— ¡Señor Israel! —contestó Ana— así estará mejor, recuerde que soy su abogada —y sonrió—

— Bien, ¡así será mi preciosa doctora Ana! —Contestó Israel consciente de que no se podían tratar con más confianza mientras estuvieran en el proceso legal como abogada y defendido—

— Sé que ya tiene que irse y eso no me hace feliz, pero sepa que la esperaré, siempre la voy a esperar mi preciosa Doctora Ana, porque de ahora en adelante es usted la visita que más desearía tener aquí y donde sea que me encuentre —dijo Israel feliz por aquel encuentro tan distinto a los anteriores—

Ana asintió con la cabeza con la sonrisa que aún conservaba y la mirada llena de luz, entonces le contestó:

—   Siempre vendré señor Israel, cada vez que tenga oportunidad vendré a verlo, ahora más que nunca estaré para usted y será su caso mi principal objetivo en el tribunal, le prometo que haré todo lo que esté a mi alcance para sacarlo de aquí, se lo prometo

Ella que nunca hacía promesas a ninguno de sus clientes se había comprometido con aquel hombre que apenas conocía y le había prometido sacarlo de prisión porque así se lo dictaba su corazón y el amor que ahora sabiéndose correspondida porque creía en él, le creyó desde la primera vez que lo vio, le creyó sin condiciones y le creería por siempre.

Entonces se despidieron como siempre, con la formalidad que amerita la circunstancia, con un apretón de mano…

—   ¡Hasta pronto mi preciosa Doctora Ana! -dijo Israel esta vez con la mirada seria-
—   ¡Hasta pronto señor Israel! -le dijo Ana con la sonrisa y la felicidad que no se borraban de su rostro

Y así salió Ana del centro penitenciario, sumergida en sus pensamientos, feliz por el momento ya no sentía confusión, todo estaba claro, ella lo amaba y él le correspondía, no necesitaba nada más, en ese momento se sentía el ser humano más feliz que habitase la tierra, entonces detuvo su camino cuando recordó…

—   ¡Marcos! —Dijo en voz alta y sorprendida de que se hubiese olvidado por completo de que se había reconciliado con su novio, entonces volvieron a sus pensamientos las confusiones y la preocupación de no saber qué hacer, ahora estaba segura de estar completamente enamorada de Israel y estaba comprometida para casarse con Marcos—

— ¡Dios! ¿Qué voy a hacer? —Se preguntó en voz alta y perturbada siguió su camino—.

Los días siguientes Ana estuvo muy ocupada realizando las investigaciones relativas al caso de Israel principalmente, aunque tenía otros casos los dio por menos importantes y se dedicó casi a tiempo completo a las investigaciones en busca de testigos y pruebas que dieran con la absolución de Israel. Por otra parte, le preocupaba qué hacer con Marcos, con la excusa del exceso de trabajo no había visto a Marcos así que no sabía cómo iba a reaccionar cuando lo viera porque ahora estaba clara de que amaba a Israel, pero no hacía muchos días le dio otra oportunidad a Marcos y ahora no tenía excusas para romper el compromiso, estaba realmente preocupada porque no tenía idea de qué debía hacer con esa situación.

Pasaron los días y llegó el momento de Ana promover sus alegatos, pruebas y testigos, así que llegó muy temprano a su oficina, Barbarita no había llegado, así que ella misma se preparó café y se instaló en su escritorio para hacer los escritos pertinentes, ya tenía largo rato releyendo el expediente de Israel y llegó Barbarita.

— Buenos días Doctora, ¡está usted temprano hoy en la oficina!, y ya hizo el café, ay doctora, me hubiese dicho y yo llego más temprano hoy, así le hubiese ayudado —dijo la chica en modo preocupado—

— Tranquila Barbarita, solo estoy haciendo el escrito de promoción de pruebas del caso de Israel Rincones — le tranquilizó Ana a su asistente—

— Doctora, ese caso se complicó ¿cierto?, yo estuve revisando ayer y este testigo de la fiscalía lo complica todo para usted -comentó la asistente preocupada—

— Si mi niña —dijo Ana— estoy algo preocupada, sin

embargo, ya tengo la forma de hacer que esa testigo se caiga, es que esa testigo no tiene manera de probar que realmente Israel la conoce y de que hubiese habido trato alguno entre ellos y menos con el occiso —indicó Ana, sin darse cuenta que había dicho "Israel" en lugar de "El señor Rincones", su asistente que la conocía bien, pues llevaba muchos años trabajando para ella, se extrañó de que hiciera eso, pero aunque le generó mucha curiosidad, no hizo ninguna pregunta, pues conocía tanto a Ana que sabía lo reservada que era con su vida privada, solo la miró extrañada y Ana se dio cuenta del descuido tan grande que había cometido— "tendré más cuidado en adelante" pensó y se dispuso a seguir escribiendo sin darle importancia porque sabía de la discreción de su asistente.

Transcurrió la mañana preparando sus escritos y Barbarita ayudando con los otros casos más sencillos que tenían, una media hora antes de mediodía, sonó su teléfono y al revisar quien le llamaba su rostro se iluminó de alegría, era Nazaret, su hermana mayor, hacía más de un año que no la veía. Ana solo tenía una hermana y eran muy unidas a pesar de que Nazaret se había casado y se mudó hace poco más de un año a Argentina con su esposo y actualmente estaba esperando un bebé, sería el primer sobrino de Ana, Ella se puso muy feliz al ver que le llamaba su hermana porque tenía días que no hablaban por las tantas ocupaciones que tenía, entonces atendió la llamada.

- ¡Aló! ¡Hermanita! ¡Qué bueno saber de ti! ¿Cómo éstas? —contestó emocionada—
- ¿Cómo está mi abogada favorita en el mundo? —dijo la voz al teléfono— ¡te he extrañado mucho hermanita!
- Hola Naza —dijo Ana— no sabes las ganas de verte que tengo, tengo cosas muy importantes que contarte

no sabes lo que necesito ahora mismo hablar contigo
—dijo Ana tristemente por no tener a su hermana
cerca—

— Pues ¿dime que harás en media hora?, ¡porque estoy
en Bogotá y con muchas ganas de verte hermanita!
—se escuchó la voz al teléfono emocionada y riendo
alegre.

— ¿De veras? ¿No me estas mintiendo? ¿En serio estás
en Bogotá? Pero... ¿cómo? ¿Cuándo llegaste? ¿Por
qué no me avisaste para buscarte al aeropuerto?
¿Viniste con tu esposo? Cuéntame por favor, ¡no
sabes la alegría que me da saber que estás acá!

— Calma niña son muchas preguntas -rio de buena
gana la voz al teléfono- si vine con mi esposo, él tiene
que hacer unos trabajos acá en Bogotá y me pidió
que le acompañe para que pudiera verte porque sabe
que te adoro, él va a estar bien ocupado la mayor
parte del tiempo, así que si tú dispones de un
poquito de tiempo para mí entonces nos podremos
ver unos cuantos días —dijo su hermana a Ana sin
dejarla hablar—.

Ana estaba que no se lo creía de la felicidad

— Bien ¿dónde estás? Te voy a buscar donde sea para
que almorcemos y dile a tu esposo que venga con
nosotras también —señaló Ana a su hermana al
teléfono—

— Estoy en el Hotel Bonaire, ¿sabes dónde queda? —le
indicó la voz al teléfono—.

— Sí, ya salgo a buscarte, ¡en unos cuarenta minutos
estoy allá! —Ana se paró de inmediato de su
escritorio, recogió su sobretodo negro, su cartera se
despidió de su asistente—.

— Barbarita no me esperes hoy en la tarde, no vendré,
tengo algo muy importante que hacer —dijo feliz a
su asistente, quien se quedó sorprendida del cambio

de ánimo tan repentino de su jefe, pero contenta de verla de mejor humor—

— Excelente doctora, yo estaré acá, cualquier cosa que necesite me llama, y tranquila yo resuelvo los pendientes de la tarde —le dijo tranquila a su jefe. Ana salió tranquila pues confiaba su oficina plenamente a Barbarita y feliz porque vería a su entrañable hermana.

En una media hora estaba en el hotel, llegó al lobby y solicitó a su hermana Nazaret, solo esperó unos minutos, cuando la vio llegar, venía bajando las escaleras muy a prisa. Nazaret era una chica de treinta y dos años, totalmente distinta a Ana, era una guapa chica rubia, tenía un hermoso cabello ondulado castaño muy claro y largo hasta la cintura, ojos color miel muy parecidos a los de Ana, solo que más grandes, cejas perfectamente delineadas, sus labios gruesos pintados de un color durazno que le sentaba muy bien, era de rostro cuadrado era alta y delgada con muy buena forma y ya se le empezaban a notar los cinco meses de embarazo, llevaba puesta una braga materna de jeans, con una blusa blanca manga larga, zapatillas cómodas de color rosa pálido y una cartera grande de esas donde cabe un guardarropa. La chica corrió hacia Ana y la abrazó feliz de verla.

— ¡Hermanita! ¡Qué bueno verte! ¡Hace tanto! ¡tanto! ¡Estas preciosa! muy elegante como siempre —la miró Nazaret de arriba hacia abajo observando detalles— estas igual que siempre Ana, ¡muy guapa!
— ¿y tú? ¡mírate! Si hasta con la barriga te ves como para portada de revista —las dos rieron de buena gana felices de estar juntas después de tanto tiempo.
— Bién —dijo Ana— en este hotel hay un restaurante muy bueno y es lindo, ¿quieres comer acá, o prefieres ir a otro sitio? —preguntó— tengo toda la tarde para tí —dijo Ana—
— Pues acá está bien —dijo Nazaret indicando el

camino a Ana— y caminaron las dos hermanas hacia el restaurante, se sentaron en una mesita cerca de un gran ventanal que daba a la concurrida calle, pidieron sus respectivos platos de comida y bebidas mientras se ponían al día en sus conversaciones

— Ana —dijo Nazaret— estoy feliz, qué te puedo decir, Fernando es un gran hombre, me adora, está muy al pendiente de mí y ahora con el bebé en camino más aún, nuestro apartamento es hermoso, no es tan lujoso como el tuyo pero si es lindo, es espacioso, ya arreglamos el cuarto del bebé, hasta nombre le seleccionamos, porque es varón ¿te dije cierto?.

— ¡Si me dijiste! —contestó Ana que escuchaba atenta a su hermana—

— Bueno si ya tiene nombre, se llamará —Matías Alejandro ¿es hermoso verdad? - preguntó la hermana emocionada—

Ana que estaba concentrada escuchando a su hermana le contestó feliz…

— ¡Si hermana es realmente hermoso! Me encanta de veras.

Luego que su hermana le contara todos los detalles de su vida actual con Fernando su esposo y la pronta llegada de su bebé, le tocaba el turno a Ana.

— Y bien Ana, cuéntame, ¿qué hay de tí? ¿ya arreglaste las cosas con Marcos? ¿Si habrá boda por fin? ¿qué has pensado? Cuéntamelo todo —le indicó Nazaret preocupada—

— Bueno la verdad es que si nos reconciliamos hermanita, pero hay algo que debo contarte que es muy importante y que me está pasando justo ahora, que me está haciendo reconsiderar el hecho de casarme con Marcos —le dijo Ana con cara emocionada y preocupada a la vez—

Nazaret que ya la conocía bien la miró a los ojos y le dijo:

— estás enamorada de otro hombre lo sé, lo puedo ver en tus ojos.

Ana sorprendida la miró y le dijo:

— si hermanita y la verdad no sé qué hacer, ¡no sé qué hacer! —entonces unas lágrimas rodaron por sus mejillas—
— A ver Ana, tu siempre has podido controlar tus sentimientos, de hecho eres tú la que mejor sabe elegir y hacer las cosas más acertadas, así que no entiendo por qué estas así, como descontrolada, cuéntame, ¿qué es lo que te tiene así? —le preguntó la hermana muy preocupada de ver a Ana en ese estado emocional—
— Te cuento hermana, se trata de un hombre que conocí hace poco, pero ese hombre está preso, está siendo investigado por homicidio...

Así fue contando todo a su hermana quien se quedó con la boca abierta y desconcertada por lo que le contaba Ana, escuchó con toda atención sin interrumpir hasta que Ana terminó su historia con Israel Rincones, su amor, el hombre que la tenía totalmente descontrolada, pasó largo rato, mientras Nazaret no salía de su sorpresa y en principio sin saber qué decir, tomo un sorbo de vino para ayudarse a sí misma a pensar, hasta que por fin pudo salir de su asombro para decir...

— ¡Por Dios Ana! ¿Se puede saber en qué estás pensando cuando dices que estas enamoradas de un tipo que es posible que haya asesinado a un hombre? ¿enamorada de un asesino? ¿te volviste loca? ¿Y todavía dices que no sabes qué hacer?...

Nazaret muy preocupada y ocupando el lugar de hermana mayor que tenía para hacer entrar en razón a Ana, ya que solo se tenían ellas dos, la una a la otra, su madre había muerto cuando ellas nacieron por complicaciones en el parto y su padre murió de cáncer cuando ambas eran apenas adolescentes, así que Nazaret sentía la responsabilidad de hacer entrar en razón a su hermanita chiquita, sentía que debía protegerla a toda costa de un asesino, le parecía imposible que Ana, que siempre fue muy centrada y segura a cada paso que daba, se estuviese involucrando con un hombre que no conocía y que estaba siendo investigado por homicidio.

— ¡Esto no puede ser y tú lo sabes! —Dijo Nazaret— hermanita, tienes un novio que te adora, que te dijo que no puede vivir sin tí y que está dispuesto a cambiar lo que sea con tal de estar a tu lado, un hombre que es correcto, profesional, ¡precioso! Porque es Marcos es precioso Liz, tiene dinero que, aunque es lo menos importante también cuenta, te adora hermanita, ¿cómo puedes siquiera pensar en dejarlo para empezar una relación con ese tipo? ¿qué demonios pasa contigo Ana? En serio estás desquiciada -la acusó su hermana completamente preocupada y alterada-

Ana triste porque entendía que su hermana pensara de esa manera y consciente de que lo que decía era totalmente cierto le contestó:

— ¡No lo sé Naza! No sé qué pasa conmigo, yo sé que no está bien, pero ¿cómo hago? Yo no mando en mi corazón, ya quisiera yo poder hacerlo, después de todo si creo que tienes razón y me estoy volviendo loca, pero no sé qué hacer hermana, amo a ese hombre y no amo a Marcos por más que lo intento, así que esta misma semana romperé ese compromiso que tengo con él y me dedicaré a sacar a Israel de la cárcel, porque yo estoy segura de que él es inocente y lo voy a demostrar, después que esté fuera y libre de delitos viviremos juntos y ya verás que seremos tan felices como tú y Fernando —dijo Ana haciendo planes para el futuro sin pensar en nada más—

— ¡ay hermanita! Creo que estas cometiendo un error, piensa bien las cosas antes de hacerlo, no te vayas a arrepentir después que ya no puedas hacer nada para remediarlo —le dijo su hermana sin salir de su preocupación—

— No me arrepentiré Naza, ya verás, todo va a estar bien, yo creo en él y yo sé que me hará feliz — aseveró Ana como ya sin querer hablar más del tema—

— Bueno Ana, si eso es lo que quieres está bien, ya veo que no hay nada que pueda yo hacer para que cambies de opinión, solo espero que las cosas salgan tal como tú lo deseas, de que Israel saldrá de prisión no lo pongo en duda, tú eres la mejor abogada de este país y estoy segura que conseguirás su libertad solo espero que realmente las cosas que estás haciendo por él, esperando que te haga feliz en el futuro realmente valga la pena, y que logres serlo de verdad, es lo que más deseo en este mundo.

CAPÍTULO V - EL JUICIO

Casi un mes después Ana se encontraba ansiosa en su oficina, pues en menos de veinticuatro horas sería la instalación del juicio en el caso de Israel Rincones y aún cuando ella había recabado suficientes pruebas en favor de él y tenía testigos que darían buenos testimoniales, ella estaba realmente nerviosa, no tenía la certeza de que el juez considerara probables sus medios probatorios, ni con qué cosa nueva saldría la fiscalía que para ella estaba con un papel acusador en vez de investigador,, así que para ella era una incertidumbre lo que sucedería ese día. Con barbarita, su asistente, organizaron la defensa para el juicio, ensayaron todos y cada uno de sus alegatos, estudiaron las posibles conjeturas de la fiscalía y hasta las posibles preguntas que hiciera el juez.

— ¡Doctora debe calmarse! —le sugirió barbarita a Ana, viendo con preocupación que estaba más nerviosa que de lo normal— estar así de nerviosa no le va a hacer bien en la audiencia, debe retomar el control, ¡este caso la va a volver loca!, yo nunca la había visto ponerse así con ningún otro caso y he sabido de casos más fuertes que éste Doctora, es preciso que mantenga el control.

Ana, que estaba visiblemente nerviosa y descontrolada pidió a barbarita

— mi niña por favor, prepara una aromática, tienes razón, pero intento estar tranquila y no logro calmarme —le dijo tratando de ocultar las razones por las cuales estaba así, se trataba de aquel hombre que la hacía temblar con solo mirarlo, que le hacía saltar el corazón cuando tocaba sus manos, el hombre que le había perturbado la mente y descontroló todo cuanto hacía, solo pensaba en su libertad—.

En unos minutos entregaba barbarita la aromática a Ana

— tenga Doctora, tómese su aromática y descanse por un momento, usted ha trabajado muy duro estos últimos días, no ha descansado nada, creo que debería usted tomarse lo que queda de tarde para relajarse un poco, mañana será un día complicado, ya acá todo está en orden para la audiencia, no queda nada por hacer, por favor Doctora vaya a descansar, haga algo que le guste hoy y relájese como siempre lo ha hecho para otros casos, por favor —casi que suplicó la asistente preocupada—
— ¡Si barbarita, tienes razón!, voy a salir de acá para calmarme, ¡gracias barbie, de verdad muchas gracias! porque más que mi asistente eres mi apoyo y además una buena amiga —le dijo de manera considerada a la chica preocupada—.

Ana terminó su aromática y se despidió de Barbarita, sin saber qué haría, solo quería caminar, despejar la mente, olvidar un poco.

Ana bajó el edificio y empezó a caminar por la alborotada calle Bogotana, caminó por entre montones de gente que iban y venían conversando alegremente, caminó sin una dirección definida, solo caminó, llegó a un parque muy bonito y se acomodó en una banqueta mirando los árboles, hacía un buen día, era frío, pero no tanto como los días anteriores, las personas paseando a sus hermosos perros, niños corriendo y así observaba con atención todo cuanto ocurría en aquel hermoso lugar. De pronto a sus pensamientos llegó Marcos su novio, tenía días evitándolo, solo atendía sus llamadas y generalmente le decía estar ocupada para no hablar con él, aún no sabía cómo iba a hacer, pero debía enfrentar esta situación y cortar esa relación lo más pronto posible- ¡claro hoy no será! -Dijo en voz alta para sí misma, solo estaba concentrada en la libertad de Israel y ya la audiencia sería mañana así que por ahora será pospuesta su conversación con Marcos. No había ido a visitar a Israel al centro penitenciario, pero había llamado a la señora Pinzón para notificarle de la audiencia y así la señora fuese a presenciarla y a apoyar a su hijo, y así también para que le notificara a Israel de estar al pendiente de su traslado del centro al tribunal a la hora acordada, vinieron a sus pensamientos las palabras de su hermana Nazaret "Creo que estas cometiendo un error, piensa bien las cosas antes de hacerlo, no te vayas a arrepentir después que ya no puedas hacer nada para remediarlo" esas palabras rondaban su cabeza recurrentemente, sin embargo, decidió no pensar en eso, lo que sentía por Israel era tan fuerte que decidió no pensar en las palabras de su hermana, entonces se levantó de la banqueta, miró su reloj y se sorprendió al ver que ya tenía casi dos horas entre caminar y pensar en el parque, le alegró que el tiempo pasara deprisa, caminó hacia la avenida principal tomo un taxi y se dirigió a su apartamento, ya era cerca de las seis de la tarde, llegó a su apartamento solitario como siempre, se puso su pijama y tomó su libro de cleopatra para continuar su lectura, allí estuvo largo rato leyendo, solo detuvo la lectura para preparar un sándwich y un jugo y comiendo volvió al libro, hasta que se dio por vencida y se fue a dormir.

Amaneció y Ana se paró muy temprano, antes de que aclarara el día, cepilló sus dientes, se dio un buen baño, desayunó antes de cambiarse la ropa, escuchó algo de noticias en la tele, estaba tranquila, relajada, no como el día anterior que los nervios le carcomían, hoy estaba confiada, segura, ya tenía claro todo lo que haría en la audiencia, todo estaba listo y en orden.

La audiencia sería en la tarde, así que no tiene prisa, se toma su tiempo para elegir su atuendo del día de hoy, que debía ser el mejor, primero porque era una audiencia de juicio y después porque vería de nuevo a Israel.

— ¡Ah Israel! ¿Qué tengo que hacer para que salgas de mis pensamientos? —dijo riendo animada— hoy me pondré bella para tí, espero que lo notes y que como siempre que te veo me digas "Ana que hermosa estas hoy, como siempre estas bellísima" y me mires con esa mirada tan misteriosa que tienes —entonces rió de buena gana— ya parezco loca, hablando sola, es lo que me faltaba —se dijo a sí misma a manera de reproche fingido.

Empezó a elegir el atuendo, esta vez eligió unos pantalones de una tela parecida a la seda de color negro muy anchos, una blusa manga larga y de cuello alto ajustada del mismo color, eligió unos botines azules de tacón alto y un sobretodo azul claro muy largo le daba a las pantorrillas y era realmente hermoso, aunque en la audiencia tendrá que usar la toga que cubría su atuendo, va a llegar el momento en que tendrá que retirársela y entonces Israel verá lo hermosa que se puso para él, se recogió su larga cabellera negra en su acostumbrada cola de caballo y para la ocasión un maquillaje muy ligero que dejaba ver su belleza natural.

Ya en el tribunal, a la espera del inicio de la audiencia, se sentó sin hablar con nadie y escuchaba los comentarios de la gente... "es un asesino, debe morir en prisión" "dicen que saldrá libre porque no hay suficientes pruebas" y otros comentaban "su abogada es una de las mejores, seguro lo dejan libre a ese asesino" solo a uno de ellos le escuchó decir "quien sabe, a lo mejor es inocente y si lo dejan en prisión un inocente estaría pagando las culpas de otro"... y así escuchó muchos comentarios mientras esperaba la instalación de la audiencia sin hablar con nadie, solo mirando y escuchando. Pasaron los minutos lentamente, pasó una hora, llegó la hora de la audiencia y un alguacil notificó que la audiencia empezaría con demora, así que Ana no sabía cuánto tiempo más tendría que esperar, pasó otra hora, pero Ana estaba tranquila, ya estaba acostumbrada a los retardos en los tribunales, hasta que llegó el alguacil informando el inicio de la audiencia.

— ¡Por fin! —Dijo Ana para sí misma en voz alta entrando a la sala donde se efectuaría la audiencia.

Entraron entonces, el fiscal y su asistente, el alguacil, la secretaria de juicio y algunas personas que según pudo notar Ana estaban apoyando a la fiscalía en su acusación seguramente familiares y amigos del occiso, no vio a la señora Pinzón hasta unos minutos más tarde que la vio entrar apurada y tomar asiento, llegó sola, miró a Ana que ya estaba en el lugar que le correspondía como abogada defensora y le guiñó el ojo sonriendo tímidamente, se le notaba la preocupación, entonces miró a los lados y se concentró en un rosario que traía en sus manos; le dieron entrada a Israel, quien llegó bien vestido para la ocasión y esposado con sus manos en la espalda, el alguacil retiró las esposas y le indicó dónde debía sentarse. Israel miró a Ana muy serio e inmediatamente retiró la mirada para observar todo en la sala de audiencias.

El alguacil dio inicio a la audiencia.

— ¡Buenas tardes! Va a hacer su entrada el ciudadano Juez del Tribunal segundo de Juicio, Doctor Rafael Rosales, todos de pié! —indicó el alguacil— seguidamente se da inicio a la audiencia de juicio que presenta la fiscalía en contra del ciudadano Israel José Rincones Pinzón —lo identificó y dio todos los detalles personales de Israel y prosiguió— por el delito de Homicidio Doloso ocasionado en contra del hoy occiso ciudadano Joan Aristigueta — lo identificó y dio todos los detalles personales del occiso y prosiguió- pueden sentarse -volvió a indicar—.

Una vez empezó el juicio, el juez volvió a presentar el caso e inició preguntando a Israel- Señor Israel Rincones, ¿tiene usted el conocimiento de que, en el momento de las preguntas de la fiscalía, su abogada defensora o mías, está usted en el derecho de acogerse al precepto constitucional que señala que, si usted no quiere responder pregunta alguna, no está obligado a hacerlo? ¿Y que no se sienta obligado a declarar?, a lo que Israel contestó:

- Sí, estoy en conocimiento y le informo que no me acogeré a ese precepto porque responderé todas las preguntas que se me hagan en este tribunal.
- Muy bien señor Rincones —señaló el Juez—
- Luego cedió el derecho de palabra a la fiscalía para que presentara sus alegatos, a lo que el fiscal señaló el delito por el cual estaba siendo acusado Israel y los motivos de modo, lugar y tiempo que consideró relevantes para su acusación, manteniendo la acusación por Delito Doloso en contra de Israel Rincones.

Una vez terminada la acusación de la fiscalía el Juez le cede la palabra a Ana como abogada defensora para que presente sus alegatos de defensa, Ana presentó su defensa como lo que ella es, una abogada con larga experiencia y más aún con la certeza de que el hombre al que defendía era inocente.

- Ciudadano Juez, esta defensa considerando que no están dadas las circunstancias de modo, lugar y tiempo, visto que no ha sido presentada por la fiscalía ninguna prueba válida para su acusación, considerando que no hay testigos válidos, no se incautó arma alguna que contenga huellas de mi representado como para imputar un delito de tanta gravedad, se mantiene la defensa por la absolución del ciudadano Israel Rincones, con base en pruebas y testigos que presentaremos en su oportunidad procesal.

Así prosiguió la audiencia, la fiscalía presentó sus pruebas de experticias a las que Ana objetó enérgicamente por considerarlas viciadas y los expertos policiales, se contradijeron en sus declaraciones, cosa que Ana aprovechó para mejorar sus alegatos de defensa, hasta que llegó el momento de la fiscalía presentar a la única testigo que tenía, Laura Castillejos, por fin Ana pudo ver a esta mujer frente a frente, la observó detenidamente, Laura Castillejos era una mujer corriente, de cabello negro ondulado hasta los hombros, ojos negros pequeños, nariz redondeada sus labios eran delgados y su rostro tenía forma ovalada, era una mujer pequeña de buen cuerpo grandes senos y vestía jeans, zapatos deportivos y una sencilla blusa rosada con mangas largas.

Inmediatamente el alguacil la juramentó diciendo:

— ¿Jura usted decir la verdad, solamente la verdad y nada más que la verdad?
— ¡Sí lo juro! —dijo la testigo—

El alguacil le señaló dónde debía sentarse y se dirigió de prisa a su asiento, el juez le cedió la palabra a la fiscalía, quien inició su interrogatorio.

— Ciudadana Laura Castillejos, ¿conoce usted al occiso Joan Aristigueta? —preguntó el fiscal—.
— ¡Sí, lo conozco, era mi novio! —dijo la mujer—
— ¿cuánto tiempo de novios tenían usted y el occiso? —preguntó el fiscal—
— Teníamos ya tres meses de novios —señaló la mujer con rostro acongojado—.
— Y... ¿conoce usted al señor Israel Rincones?, si lo conoce y se encuentra en esta sala, podría usted

señalar con su dedo al ciudadano que conoce usted con ese nombre. —indicó el fiscal a la testigo—

— ¡Sí claro! —dijo la testigo, mirando sin dudar a Israel levantando su mano derecha y señalándolo con su dedo índice— ¡es él!

— ¿Tiene usted algún tipo de relación con el señor Rincones señorita Castillejo? —preguntó el fiscal de manera capciosa—

La testigo algo perturbada dijo:

— ¡una relación como tal no! Lo conozco desde hace un tiempo solíamos ser amigos, pero de un tiempo para acá Israel empezó a acosarme, diciendo que debía dejar mi relación con Joan y empezar una relación amorosa con él, yo siempre le dije que no haría tal cosa porque amaba a mi novio y en varias ocasiones me dijo que si no lo dejaba iba a haber consecuencias graves, lo que yo nunca pensé es que esto terminaría así —sollozó con las manos en el rostro—

El fiscal continuó preguntando

— cuándo el señor Rincones le dijo que habría consecuencias, ¿lo dijo ebrio? O estaba sobrio, ¿en qué condiciones se encontraba el señor Rincones?

— ¡No estaba ebrio, nunca lo estaba! —señaló— y no lo dijo una sola vez, en varias ocasiones me acosaba y me decía que habrían serias consecuencias que debía terminar con mi novio, a lo que yo no le daba importancia porque pensé que eran celos tontos y que no sería capaz de hacer nada malo, en una ocasión yo venía saliendo del bar con mi novio y llegó Israel y empezó a discutir conmigo y empujó a Joan, quien intentó defenderme y le dijo que me dejara en paz que no me buscara más o tendría serios problemas con él, empezaron una discusión muy fuerte pero logré que se calmaran le dije a Israel que se fuera y entonces amenazó a Joan, le dijo que si no me dejaba en paz lo mataría. —empezó a llorar descontroladamente—.

— No tengo más preguntas ciudadano Juez —indicó el fiscal—.

El juez le cedió la palabra a Ana para su defensa

— Puede usted hacer sus preguntas Abogada —señaló el Juez.

Ana miró a Israel y luego miró detenidamente a la testigo y empezó

— Señorita Castillejo, dice usted que el señor Rincones amenazó de muerte a su novio ¿eso es cierto?
— ¡así es! —contestó la testigo—
— Y dígame señorita Castillejos, ¿pusieron ustedes alguna denuncia por la amenaza de muerte? —preguntó Ana—

La testigo algo contrariada contestó

— No lo consideramos necesario, solo no le dimos importancia —señaló ésta sin mirar a Ana, solo miraba al piso—
— Es decir que una persona la acosa a usted en reiteradas oportunidades para que tenga una relación con él y también en varias ocasiones la amenaza a usted de serias consecuencias y a su novio de que lo mataría de no terminar esa relación y usted simplemente ¿no le da importancia? —preguntó Ana—.
— No pensé que él sería capaz de algo así, pensé que solo lo decía por decirlo —dijo la testigo—
— ¿Desde cuándo usted conoce al señor Rincones

señorita castillejos? —preguntó Ana—.
— Desde hace poco —dijo ésta—

Ana que estaba pendiente de los detalles aseveró

— al principio de esta audiencia usted señaló que conocía al señor Rincones desde hace mucho, ahora me dice usted que lo conoce desde hace poco, realmente ¿desde cuándo lo conoce?, si es que realmente lo conoce señorita castillejos.
— ¡Objeción ciudadano Juez!, ¡la abogada está siendo coercitiva con la testigo y además está haciendo conjeturas fuera de lugar! —observó el fiscal—
— ¡A lugar! —Decidió el Juez— ¡limítese a hacer las preguntas doctora!
— Bien ciudadano Juez, disculpe —indicó Ana—

El Juez tomó la palabra diciendo

— Bueno, considerando que el señor Israel Rincones no se acogió al precepto constitucional que le cabe por derecho, entonces le concedo la palabra para que testifique —indicó el Juez a Israel—

Israel Miró a Ana en busca de aprobación y Ana afirmó con la cabeza, a lo que Israel respondió poniéndose de pies y hablando en un tono apropiado, calmado y muy seguro empezó a dar su declaración.

— Buenas tardes ciudadano Juez, yo ese día del fallecimiento de ese hombre estaba con unos amigos que me conocen y saben quién soy, tomando unas cervezas para relajarme por un día duro de trabajo, a eso de medianoche les dije que tenía que irme y ellos me pidieron que me quedara un rato más pero yo estaba demasiado cansado y además debía trabajar al día siguiente entonces no quise, así que salí del bar caminando, yo tengo mi carro, pero como siempre que voy a tomar dejo el carro en casa porque no me gusta manejar cuando voy a tomar licor, entonces camine como tres cuadras y escuché unos gritos pidiendo auxilio, me acerqué y alcancé a ver que dos hombres se alejaban corriendo del lugar, pero no alcancé a verlos porque estaba muy oscuro y solo alcancé a ver las sombras de los dos hombres. Cuando llegué cerca de un contenedor estaba tirado un hombre muy golpeado y sangraba muchísimo, el hombre no podía hablar y respiraba con mucha dificultad, yo lo tomé en mis brazos y pedí a Dios mil veces que aquel hombre no se muriera, mientras grité pidiendo auxilio muchas veces hasta que llegaron otras personas y en cuestión de momentos llegó la policía y bueno me detuvieron porque yo estaba al lado del hombre y este había muerto en mis brazos, dijeron no entender el por qué yo sostuve en mis brazos a un desconocido, ciudadano Juez creo que todo ser humano con sentido de humanidad hubiese hecho lo mismo quería ayudarlo, hacer algo por él, pero finalmente no pude hacer nada para ayudarlo y ahora me acusan a mí de haberlo matado. Ciudadano Juez, yo no he matado a ese ni a ningún otro hombre en mi vida, yo soy inocente de lo que se me acusa, yo solo quería que no muriera aquel desconocido, nunca imaginé el problema en el que me estaba metiendo al intentar ayudar a alguien. — terminó con lágrimas en los ojos desconsolado—.

El juez escuchó atento toda la declaración de Israel y preguntó…

— Doctor, la fiscalía ¿tiene usted alguna pregunta?
— Así prosiguió la audiencia por dos horas, la fiscalía hizo pocas preguntas a Israel y Ana objetó casi todas las pruebas presentadas por el Fiscal y sin más

testigos que presentar finalizó la audiencia. El Juez se retiró de la sala para decidir y entonces todos empezaron a hablar, Ana se acercó a la señora Pinzón y le ayudó a acercarse a donde se encontraba Israel sentado, para que pudieran conversar.

— ¡Hijito! ¿Cómo estás? ¿estás tranquilo verdad? — preguntó la anciana —

— Hola mi viejita —le saludó éste con una sonrisa y un abrazo— preocupado, es que no he entendido ni la mitad de lo que ha pasado aquí.

La anciana lo tranquilizó

— estoy segura de que la Doctora Ana nos va a explicar todo lo que ha pasado acá, ¿cierto Doctora? — preguntó a Ana que estaba revisando sus argumentos —

— ¡Sí, les explico! —señaló Ana con mucha seriedad— todo ha ido muy bien, la fiscalía no ha podido mantener ninguna de sus pruebas en contra suya señor Israel, incluso la única testigo que presentó, no ha sido lo suficientemente clara y contundente como para que el Juez la dé por válida, entonces yo particularmente considero que todo ha ido en su favor —aclaró Ana sin mostrar alegría, simplemente centrada en su rol de abogada—.

Por su parte la señora Pinzón dijo:

— ¡Dios quiera que así sea Doctora!, y ahora ¿qué hay que esperar?

— Si doctora, ¿qué estamos esperando? —preguntó Israel ansioso—

— En estas audiencias usualmente los jueces se toman unos minutos para decidir, ellos revisan todos los medios probatorios presentados y una vez tiene su decisión tomada vuelve a entrar a la sala para dar a

conocer su veredicto —les explicó Ana—
— Ah ok, entiendo —dijo Israel con cara de preocupación—.

Pasó casi una hora hasta que el Juez volvió a hacer su entrada a la sala y tomó la palabra nuevamente diciendo...

— He revisado de manera exhaustiva todos y cada uno del compendio probatorio y en vista a los argumentos presentados por la fiscalía y la defensa, he tomado una decisión con respecto a la acusación en contra del ciudadano Israel Rincones por el delito de homicidio doloso, cometido en contra de la persona de Joan Aristigueta hoy occiso.
— El fiscal indica, todos de pie— y así hicieron todos en la sala.

A Ana le saltaba el corazón, no sabía qué decisión tomaría el Juez, estaba muy nerviosa, confiaba en que había hecho una buena defensa, pero las decisiones de los Jueces en ocasiones no eran lo que ella esperaba, miraba a Israel, pero Israel solo miraba al Juez absorto en sus pensamientos.
Entonces el Juez prosiguió...

— Como dije antes, He revisado todas y cada una de las pruebas y en vista a los argumentos presentados por la fiscalía y la defensa, he tomado una decisión en relación a la acusación en contra del ciudadano Israel Rincones por el delito de homicidio doloso, cometido en contra de la persona de Joan Aristigueta hoy occiso. Considerando que las pruebas no son suficiente medio probatorio, porque no se mostraron las circunstancias de modo, lugar y tiempo que demostraran la responsabilidad penal del ciudadano Rincones.
— Con base en lo antes expuesto, declaro absuelto del delito de Homicidio Doloso en contra del ciudadano

Joan Ariztigueta, al ciudadano Israel José Rincones Pinzón, quien podrá salir en libertad desde este momento en sala.

Ana saltó de alegría en sus pensamientos, pero sonrió de buena gana mirando a Israel, quien parecía no entender aún lo expuesto por la jueza, o parecía no creer lo que había escuchado.

El Juez levantó la audiencia y Ana se acercó a la señora Pinzón inmediatamente.

— Señora Pinzón, —dijo Ana feliz— su hijo se irá con usted en unos momentos a casa ya está libre de responsabilidad penal, ¡demostramos su inocencia señora Pinzón! —dijo Ana mostrado un poco más la felicidad que sentía—.
— Yo sabía que así sería Doctora, es que no podía ser diferente, usted demostró la inocencia de mi hijo —dijo llorando de felicidad la señora Pinzón abrazando efusivamente a Ana— ¡gracias doctora! ¡muchísimas gracias!
— No señora Pinzón no tiene que agradecer —dijo Ana— ¡es mi trabajo y lo hice con mucho gusto!

Ana volvió hasta donde estaba Israel sentado y le preguntó

— ¿entendió lo que pasó en la audiencia señor Israel?
— ¡Sí, eso creo! Soy inocente, eso dijo el Juez ¿cierto? —dijo Israel aún sin poder salir de su sorpresa—
— Así es, es usted inocente y ahora mismo podrá volver a casa con su madre, ¡ya terminó todo esto señor Israel, ya es usted libre! —le dijo Ana con el rostro radiante de felicidad.

Israel por fin logró esbozar una gran sonrisa, se rió de muy buena gana y abrazó a Ana diciendo:

— ¡Gracias mi Doctora!, ¡no sabe usted lo agradecido que estoy! —lloraba y reía— luego la soltó y la miró a los ojos con ternura— ahora usted y yo necesitamos hablar, cuando usted quiera y cuando disponga de tiempo, es preciso que hablemos mi Doctora —le dijo a Ana, quien no dejaba de sonreír y asintiendo con la cabeza le dijo-

— Una vez todo esté organizado aquí y usted pueda ya descansar en su casa, habrá tiempo para que conversemos todo lo que queramos, ¿le parece? —le indicó Ana volviendo la mirada al fiscal y la secretaria quienes esperaban por ella para finalizar firmas y pendientes legales típicas de una audiencia de juicio—

Entonces Israel siguió esperando ya junto a su madre que se había acercado feliz a abrazar a su hijo, Ana seguía haciendo las cosas del tribunal hasta que todo finalizó y salieron los tres de la sala de juicio.

La señora Pinzón se dirigió a Ana

— ¡Doctora hoy está invitada a mi casa para celebrar! No puede decirme que no, gracias a su trabajo mi hijo volverá conmigo entonces tiene que venir con nosotros ¿si? —preguntó poniendo esa cara de ternura que suelen tener los ancianos de su edad—.

Ana contestó:

— bueno yo puedo ir claro que puedo ir, pero más tarde porque por ahora debo quedarme acá para terminar con todo esto y además debo revisar otras cosas que tengo pendiente. Usted dígame a qué hora puedo llegar a su casa ah y claro me debe dar la dirección — dijo Ana—.

— Está bien pues vaya a eso de las siete de la noche —le indicó la señora Pinzón— la dirección se la envío a su teléfono en un momento y no me vaya a dejar plantada, mire que la vamos a esperar —aseveró mirando a Ana y a Israel—.

Así se despidieron Israel y la señora Pinzón de Ana agradeciendo mil veces por el trabajo hecho y recalcando que la iban a esperar esa noche. Ana se quedó más que satisfecha feliz y pasó el resto de la tarde en el tribunal terminando todo lo que tenía pendiente.

CAPÍTULO VI - PENSÁNDOLO MEJOR

Ana terminó de trabajar en el tribunal y fue a su apartamento para cambiarse y ponerse linda para la reunión con la señora Pinzón e Israel, estaba feliz de haberlo hecho bien, pensaba que se había hecho justicia una vez más, realmente creía en la inocencia de Israel, aunque había algo en él que la hacía dudar, pero ese algo se disipaba cuando pensaba en lo mucho que le gustaba aquel hombre, tanque que creía estar enamorada aunque no habían compartido casi nada, por esa razón le animaba ir a su casa, para conocerlo en su entorno, ver cómo es con su madre y así convencerse por completo de que era el hombre para ella.

Llegó directo a darse un baño, seleccionó esta vez un atuendo un poco más sugestivo, se puso un vestido negro con algo de escote en el pecho, sin mangas y un poco más corto de los usuales para trabajar, mostraba bastante más piel porque quería que Israel la mirara, se puso botas de tacón negras hasta más abajo de las rodillas dejó su cabello suelto y lo cepilló muy bien, se maquilló un poco más ésta vez, puso color en sus ojos mejillas y los labios los pintó de un rojo suave que le sentaba muy bien por su palidez, para el frio se puso un sobretodo negro lo suficientemente largo como para cubrir bien lo que mostraba con el vestido, tomó una cartera pequeña y su carpeta de cuero donde tenía toda la documentación relativa a la absolución de Israel, se las llevaría para que la madre y él tengan todo lo que necesitarán a futuro por cuestiones legales, también se acercó al barcito que tenía dispuesto en la cocina y sacó una botella de vino para llevar a casa de Israel y no llegar con las manos vacías. Se miró en el espejo y feliz por el resultado final sonrió y salió de su apartamento.

Una vez en la calle tomó un taxi y el taxista el saludo muy animado como si la conociera de mucho tiempo e inició una breve conversación con ella…

— ¡Buenas noches señorita! —Dijo el hombre con una gran sonrisa, aquel hombre tenía como unos sesenta y tantos años, era un hombre moreno de ojos negros grandes, sin cabello al parecer porque lo cortaba al ras, era un hombre que irradiaba una luz hermosa, que a Ana le agradó al instante porque se veía como ese tipo de personas que son como ángeles.

Ana contestó sonreída

— ¡buenas tardes señor!
— ¿Ha tenido usted un buen día? —preguntó el hombre como si adivinara en el rostro de Ana la felicidad que sentía—.
— La verdad es que sí, ha sido un excelente día ¡y voy a cerrarlo con broche de oro! —dijo Ana mirando al hombre y riendo.
— Qué bueno, la verdad es que me alegro mucha señorita —dijo el taxista— en cambio el mío no ha sido muy bueno, hoy dieron por inocente al hombre que mató a mi hermano, ¿puede usted creerlo? Un Juez consideró que el hombre que había matado a mi hermano era inocente, ¡inocente! —Y se rió sarcásticamente— ya uno no puede creer en la justicia, eso de la justicia no existe en este país ni en ningún otro ¿verdad señorita? —preguntó el hombre volviendo a reír mostrando todos sus dientes en una muestra de sarcasmo evidente— Pero disculpe usted que la incomode con estas cosas, a usted que viene de tener un excelente día ¡disculpe usted!

Ana sorprendida por los comentarios de aquel desconocido le dijo:

— no se preocupe señor, ciertamente hay ocasiones en que sentimos que no se ha hecho justicia por algunas razones —no quiso agregar nada más para que no se notara que ella era abogada y que muy posiblemente ella fue quien defendió al hombre que él consideraba fervientemente había asesinado a su hermano, lo miró entristecida y calló.

El hombre siguió hablando de cosas triviales obviamente para cambiar el tema. Ana se quedó en silencio fingiendo escuchar al hombre, pero pensando en Israel, ¿será que se había equivocado? ¿será que Israel realmente era un asesino y solo estaba libre gracias a la providencia y al trabajo que hizo ella para demostrar su inocencia?, su mente se llenó de dudas y de miedo, ahora no se sentía segura de que lo que había hecho estaba bien, su cabeza se llenó de preguntas nuevas, se llenó de contradicciones y empezó a pensar que posiblemente el hombre por el cual sentía cosas definitivamente importantes, solo había salido ileso de una pelea que él mismo se había buscado y que está libre gracias a su ayuda.

Ana pensaba... ¡Oh Dios! ¿será posible que me haya equivocado tanto?... ¡no, no puede ser! ¡Israel es inocente estoy segura de eso! Pensó e intentó borrar de su mente las dudas mientras el taxista le indicaba que ya había llegado a su destino, pagó y se bajó del carro, estaba en frente de la casa de Israel, era una casa antigua de clase media estaba pintada de blanco con marcos y rejas dorados, tenía un pequeño jardín frente a la casa, un jardín con muchas rosas, solo rosas estaban sembradas allí, había rosas blancas, rojas, amarillas y unas matizadas de varios colores, a Ana le gustó mucho el jardín, llegó al umbral y tocó el timbre, en unos segundo abrió la puerta la señora Pinzón muy bien arreglada para la ocasión…

— ¡Buenas noches Doctora! —dijo la anciana contenta por la llegada de Ana— pase adelante, bienvenida a mi humilde hogar —abrió la puerta y Ana la saludó amablemente—
— ¡Buenas noches señora Pinzón! —dijo alegremente—

¡espero no haber llegado tarde! —comentó entregando a la señora Pinzón la botella de vino que había traído para la ocasión—.

— ¡Gracias Doctora! No debió molestarse, si acá la celebración es para usted —dijo la anciana tomando la botella y sonriendo a Ana muy amablemente— pero ¡pase! ¡pase por favor!

Ana entró, era una casa con decoración antigua, se notaba que la señora Pinzón en su época se había esmerado en arreglarla y que el tiempo ya estaba haciendo su trabajo, se observaba una sala de estar espaciosa con muebles de lona en color azul oscuro a pesar de ser antiguos aún se podía ver su belleza, la casa dentro estaba pintada de un color marfil y tenía cuadros de paisajes, de playas, de bosques y uno que otro de arte antigua, en un rincón una mesita redonda con fotografías, allí pudo observar una foto de Israel con su madre y hombre que parecía ser su padre, en otra observaba a Israel con una chica joven muy bonita con el cabello largo como el de ella y eso la contrarió un poco pero fingió no darle importancia, a fin de cuentas ella no sabía si Israel estaba de novio o era casado, en caso de que alguna de estas cosas fuera así ella se desilusionaría por completo, pero no quiso pensar en eso y entonces comentó…

— ¡Que bonita su casa señora Pinzón!
— ¡Elba doctora! ¡Llámeme Elba! —le objetó la señora pinzón— si me dices señora me haces ver como una anciana y yo estoy demasiado joven —la anciana miró a Ana y esbozó una gran carcajada a la que Ana se unió, estaban las dos divertidas por el comentario de la señora Pinzón y entonces abrió la puerta Israel, quien parecía haber salido de la casa y estar regresando justo en ese momento.
— ¡Buenas noches! —Dijo Israel sonriendo al verlas tan animadas— que bueno que están de tan buen humor —entonces miró fijamente a Ana la contempló como

quien contempla una obra de arte, entonces reaccionó diciendo— ¡Mi preciosa Doctora Ana! ¡Está usted hoy más bella que nunca! —se acercó a Ana y le extendió su mano hasta la de Ana— bienvenida a nuestra casa doctora —dijo sin dejar de mirarla de manera posesiva. Israel parecía extasiado al mirarla, pero su madre le interrumpió el éxtasis preguntando...

— ¿Hijito me trajiste lo que te encargué?

— ¡ah sí... si mi viejita! —Contestó Israel ya mirando a su madre y entregó una bolsita con compras que había hecho, entonces la anciana se dirigió de prisa a la cocina sin pronunciar palabra alguna—

— ¿Cómo esta Doctora? Y... ¿cómo terminó de irle en el tribunal hoy? —preguntó medio tartamudo—

— Ana sonriendo al verlo tan nervioso contestó:

— bien señor Israel, ¡gracias! Viendo su casa, está muy bonita —dijo para dejar pasar un poco el nerviosismo de Israel—.

— Ah sí... pero no es mi casa, es de mi madre, yo espero pronto poder comprar mi casa propia para formar una familia —dijo muy serio mirando a Ana, quien se puso muy roja al escuchar este comentario y se echó a reír de buena gana—.

— ¡Ah que bueno! Imagino que su novia ha de estar feliz con el hecho de formar una familia con usted, ¿cierto? —preguntó Ana para averiguar por la chica de retrato, sin embargo, el rostro de Israel se entristeció y ambos miraron el retrato en la mesita de la sala.

— ¡Claro! me imagino que lo dice por esa chica del retrato ¿cierto? —preguntó Israel con tono ensombrecido—.

— ¡Ah bueno sí, supuse que es su novia o esposa! Y disculpe la curiosidad señor Israel no quise ser impertinente —le indicó Ana sin dejar de estar ansiosa por conocer la respuesta—.

— Israel le indicó que se sentara y Ana inmediatamente lo hizo, entonces Israel empezó a contarle...

— Fíjese mi preciosa Doctora Ana, esa chica era mi novia, se llamaba Diana Colmenares, tuvimos un año de novios, la conocí en un parque, ella estaba leyendo una historia de la época romana y cuando la vi supe que era para mí, me acerqué y nos pusimos a hablar, ¡imagínese! Yo hablando de la época romana, cosa de la que no tengo ni el más mínimo conocimiento, ella se dio cuenta y lo que hizo fue reírse, allí comenzó nuestra amistad, lo que al poco tiempo se volvió un romance hermoso, pasamos un año ya teníamos planes para casarnos y todo, le pedí matrimonio y le di un hermoso anillo de compromiso, pero un día me llamó su madre y me dijo que ella había muerto, alguien la asesinó para robarle, apareció muerta en el mismo parque donde nos conocimos, le quitaron el reloj, el teléfono y la cartera que llevaba con poco dinero, eso fue realmente terrible, caí en una terrible depresión que duró varios meses hasta que logré superar la muerte de Diana, ya de eso han pasado dos años así que ahora la recuerdo con amor y la dejé descansar en paz.

Ana se quedó aterrada con la historia que acababa de contarle aquel hombre, pensaba en aquella linda chica del retrato que había sido asesinada vilmente sin saber que decir miró a Israel con miedo, volvieron a sus pensamientos las palabras del taxista que la hicieron dudar de lo que Israel le había contado, nuevamente dudó de la inocencia de Israel, que casualidad tan extrañamente oscura, habían dos personas muertas alrededor de la vida de Israel Rincones y en ambas ocasiones aquel hombre había sido inocente, Ana se llenó de preguntas que no se atrevía a hacer, quería indagar hasta el fondo a aquel hombre y su vida, pero no se atrevió, solo se limitó a mirarlo, escuchar y decir tristemente...

— Realmente lamento que haya tenido usted que pasar por toda esta situación, no me imagino lo que le ha afectado a usted verse involucrado en situaciones tan adversas y aterradoras, ¡de verdad lo siento mucho y le pido disculpas por mi indiscreción!

— Israel la miró a los ojos y sonrió de esa manera que a ella le gustaba pero que a la vez le intrigaba, era un hombre misterioso, la miró y tomó sus manos sin dejar de mirarle a los ojos...

— Ana, ¿puedo llamarle así verdad? —preguntó—

— ¡Sí, por supuesto! —Contestó ella nerviosa por la cercanía de Israel—

— Voy a ser totalmente sincero con usted —dijo muy serio— desde que yo la vi aquella primera vez en el centro penitenciario, sentí cosas en mi corazón, por primera vez en mucho tiempo se alborotaron mis pensamientos, no lograba sacarla de mi mente, Ana usted se ha vuelto muy importante para mí y quisiera muy en el fondo de mi corazón ser correspondido, aunque he visto en sus ojos que no le soy indiferente, que yo por lo menos le gusto pero quiero que usted sea mi novia y empezar una hermosa relación, esa es la verdad Ana, permítame el honor de conocerla mejor, de tenerla más cerca de mí, yo quiero que usted sea mi novia... ¿qué me dice?

Ana quedó sorprendida, ella sabía que ella le gustaba a él pero nunca pensó que aquella declaración llegaría tan rápido, su corazón saltó de emoción por saberse correspondida, pero la asaltaron las dudas, eran dos muertes alrededor de aquel hombre por el que ella sentía algo bonito, las dudas la agobiaban y entonces habló intentando mantener la calma, porque tenía sentimientos encontrados por Israel...

— ¡Dios Israel! —se atrevió a tutearlo— realmente me

hace muy feliz que me digas estas cosas de verdad es importante para mí que tengas sentimientos tan bonitos conmigo, solo que pienso que es muy pronto -se acogió de la cordura- ¡no nos conocemos bien, nos hemos visto pocas veces y no hemos compartido casi nada !, creo que es necesario esperar un poco Israel, en realidad tu a mí me gustas mucho y lo sabes, lo has notado bien, pero de verdad que debemos dejar pasar un tiempo antes de tener una relación, ¡creo que debemos conocernos mejor, compartir un poco más y ya más adelante ver si es posible! ¿no crees que debería ser así Israel? -preguntó intentando zafarse de la situación-

— Israel algo contrariado con la respuesta de Ana se encogió de hombros y dijo:

— ¡todo lo que tenga que esperar por ti yo espero mi preciosa Ana! estoy seguro que al final siempre vamos a estar juntos tu y yo ¡te amo! y sé que sientes lo mismo por mí, así que puedo esperarte.

En ese instante se acercó a Ana y la besó, ella quedó extasiada con aquel beso al que correspondió sin pensar en nada más…

Sin ellos darse cuenta, la señora Pinzón los observaba desde la cocina e hizo un ruido para que notaran su presencia, ambos se separaron sorprendidos por el ruido y se sonrieron mutuamente, entonces la señora Pinzón con una sonrisa que denotaba aceptación, entró a la sala con una bandeja con copas de vino y unas galletas dulces que había preparado para la ocasión.

Entregó las copas y tomó la suya, entonces brindaron, comieron galletas y otras delicateses que había preparado la anciana, escucharon música, hablaron de muchas cosas, mientras Ana e Israel no dejaban de mirarse disimuladamente, así transcurrió el rato agradablemente, hasta que llegó la hora de Ana, despedirse.

— Bueno, estoy muy agradecida por el momento —dijo Ana a ambos— de verdad he pasado una velada inolvidable, pero ya llegó la hora de irme, de verdad muchísimas gracias señora Elba.

— Por nada Doctora, solo espero no sea la única vez que nos visite, espero verla de nuevo por acá en otra ocasión —le dijo la anciana complacida—

— Sí, es cierto, esperamos vuelva pronto —aseveró Israel con esa misma sonrisa encantadora que tenía—

.

— ¡Bien, así será! En algún momento les visitaré y repetiremos este encuentro tan agradable, ¡hasta luego!

Se despidió sin mirar atrás, riendo feliz y satisfecha por el buen momento, tomó un taxi y una vez en el taxi, volvió a sus pensamientos de confusión, no podía descifrar a aquel hombre quizás porque los sentimientos que tenía hacia él la confundían y no la dejaban ver con claridad la verdad de las cosas, la embargaba las dudas, dos personas habían muerto y él estaba vinculado a esas muertes, todo era muy extraño, Ana no dejo de pensar en todo eso, esa sensación de duda y amor la tenían tan confundida que no sabía qué hacer. Se fue a su apartamento después de un día de satisfacciones y confusión.

CAPÍTULO VII - INVESTIGANDO AL INOCENTE

Al día siguiente de su encuentro con Israel y su madre Ana se despertó pensando en todo lo que escuchó, las dudas se volvieron más fuertes y tomando su café de la mañana decidió llamar a Nazaret, su hermana que ya había vuelto a Argentina. Marcó a su celular hasta que la chica contestó...

— ¡Aló! -contestó Nazaret- hermanita que bueno que me llamas, no sé por qué hoy amanecí pensando en ti, justamente estaba pensando en llamarte para saber que estás bien ¿porque estas bien cierto? — preguntó la hermana ansiosa—.

— Hola Naza, bueno si todo bien, aunque te llamo por una cosa que necesito contarte y escuchar tu consejo u opinión al respecto —dijo Ana preocupada—.

— A ver cuéntame ¿de qué se trata?

— Bueno recuerdas a Israel ¿cierto? —preguntó Ana totalmente segura de que su hermana lo recordaría perfectamente—

— ¡Si, por supuesto que lo recuerdo! ¿cómo crees que olvidaría esa locura que me contaste cuando nos vimos? —aseveró Nazaret— ¿qué ha pasado con eso? ¿sigue preso o ya lograste su libertad?

— ¡Está libre hermana!, ayer fue su juicio y lo absolvieron de responsabilidad por ese delito —dijo Ana con voz apagada—

— Ok ¿y cómo por qué no siento felicidad en tu voz cuando era lo que más querías para poder iniciar una relación con el tipo? —preguntó la hermana preocupada—

— Naza, ¡es que tengo que contarte algunas cosas que me preocupan en relación a eso!, es cierto que lo absolvieron, pero tengo muchas dudas, ¿sabes? Ayer cuando iba a la casa de Israel por una invitación que me hizo su madre una señora divina, muy amable y super buena gente, eso para celebrar la libertad de su hijo, me subí a un taxi, y el taxista me contó que estaba molesto porque a su hermano lo habían asesinado y él estaba seguro de que el tipo que estaba preso era el asesino, sin embargo ayer mismo fue su juicio y me dijo que salió absuelto y estaba tan triste a pesar de que lo disimulaba muy bien, yo pensé si no habría sido la misma persona a la que yo ayudé a salir en libertad ayer mismo, es decir, Israel, eso me dejó pensando, es como si el universo me hubiese querido enviar una señal; después de eso llegué a casa de Israel y tenían allí unas fotos familiares en una mesa, entre esas fotos estaba una donde él salía con una chica muy guapa, pensé si sería su novia y después en una conversación muy intensa que tuvimos Israel y yo, me dijo que esa chica había sido su novia, que estaban comprometidos para casarse y que la chica había muerto, había sido asesinada por alguien para robarle ¡la asesinaron Naza! ¿te das cuenta? ¡eso no es normal! Que alrededor de una persona haya dos muertes sin explicación me hace pensar mal y créeme que no quiero pensar mal, pero tengo sentimientos encontrados, ¡ese hombre me encanta Naza, Pero al mismo tiempo me asusta!, me asusta la idea de que yo sienta cosas importantes por un hombre que posiblemente sea un asesino en serio, de verdad no sé qué pensar, ni sé qué hacer hermana, realmente estoy preocupada y muy asustada, ¿ahora me entiendes? -Ana habló sin pausa-

— ¡Por Dios Ana! ¡Te dije que no era bueno esa idea loca tuya de tener una relación con un desconocido! —contestó su hermana levantando la voz obviamente ofuscada por lo que le había contado su hermana— eso es realmente preocupante, no sé qué decirte, son tus decisiones, pero yo te sugiero que averigües mejor a ese hombre, tú tienes las maneras de averiguar, pero no te involucres con ese tipo si no estas segura de que es inocente, ¡cuando uno duda siempre es por algo hermanita! Y eso no se deja pasar, ¡averigua Lizzy, averigua bien! -le recomendó Nazaret ya en un tono más conciliador- piensa bien lo que harás, quiero que sepas que sea cual sea la decisión que tomes, cuentas con mi apoyo, aún cuando tu decisión sea continuar con una relación con ese hombre, ¡solo por favor averigua, investiga, indaga por favor Ana!

— ¡Si hermanita, eso haré! —Contestó Ana— hoy mismo voy a empezar a investigar, algo debo encontrar algo, ¡si él realmente tiene que ver con esos homicidios yo lo voy a averiguar!

— Esta bien hermana confío en que harás lo correcto, cuídate mucho hermanita —le dijo Nazaret—

— Seguro Naza, siempre es bueno hablar contigo, te amo mucho, te llamo en cuanto tenga información para que sepas como van las cosas, ¿está bien? —Preguntó Ana—

— ¡Está bien hermanita, hablamos! —respondió Nazaret—

— ¡Bueno Adiós! —respondió Ana y cortó la llamada con su hermana—.

Ana, se vistió y salió del apartamento de prisa y llegó directo al tribunal, recordó el nombre Diana Colmenares indagó hasta dar con el expediente de la chica fallecida y lo leyó con atención, allí se percató de que nunca encontraron al responsable de la muerte de la chica, hubo una investigación muy superflua y hasta interrogaron a Israel pero nada lo relacionó con el caso, ese caso fue muy extraño, hasta donde ella pudo observar se dio cuenta de que muchas cosas dejaron de hacerse en el procedimiento de investigación, simplemente señalaron que había sido un homicidio por robo y así quedó. En el expediente ubicó el nombre del fiscal que llevó el caso, era un abogado muy reconocido, Dionisio Villegas, un abogado de larga trayectoria y muy reconocido fiscal, buscó al fiscal en todo el tribunal, hasta que lo encontró, pero éste se encontraba en una audiencia desde hace una hora y al alguacil de la puerta le dijo a Ana que esa sería una audiencia larga, ella decidió quedarse a esperarlo porque estaba decidida a iniciar su investigación, entonces se sentó en la entrada de la sala de audiencias determinada a esperarlo hasta que el Fiscal saliera.

Así esperó por aproximadamente hora y media, cuando empezaron a salir todos los que estaban en la audiencia, habían pocas personas en ella, hasta que por fin vio al abogado que esperaba el fiscal Dionisio Villegas, un hombre de unos aproximados cincuenta y cinco años, con el rostro de una persona que ha vivido cosas rudas en su vida, su cabello negro ya pintaba canas en sus sienes, usaba lentes adaptados, tenía el rostro cuadrado, ojos marrones con mirada profunda, era moreno, de tamaño promedio no era alto pero tampoco bajo, cuando vio a Ana que ya era una cara conocida para él, se acercó a saludar muy amablemente…

— ¡Buenos días Doctora Ana! Siempre es bueno estar en presencia de la abogada más reconocida en todo el país —le halagó el fiscal muy educadamente— ¿cómo ha estado usted? ¿qué hace allí sentada como castigada? —y esbozó una carcajada—

— Ana se levantó de prisa de su asiento y le tendió la mano al hombre amablemente

— Doctor Villegas, le estaba esperando a usted, ¡necesito hablarle de algo importante!

— Bien Doctora, ahora mismo tengo algo de tiempo así que dígame, ¿en qué puedo ayudarle? —dijo el fiscal con curiosidad—.

— Bien se trata de un caso que usted llevó hace unos años, es el caso de Diana Colmenares, no sé si lo recuerda usted —le dijo Ana—.

— ¡Claro que lo recuerdo Doctora! Fue un caso difícil,

del que no logré salir contento cuando la jueza que llevaba esa causa me dejó sin acusados —comentó el fiscal sin dejar de mostrar cierta molestia al hablar del caso— ¿pero ¿qué es exactamente lo que quiere saber en relación a eso?

— Fíjese doctor, es largo lo que necesito hablarle y creo que este pasillo no es apropiado para tocar un tema tan delicado, es que estoy haciendo una investigación porque esa causa está muy relacionada con una causa que llevé yo hasta ayer y es realmente imperativo que hablemos con tiempo, si usted tiene tiempo suficiente le invito un café ¿le parece? —le invitó Ana ansiosa de que el fiscal no pusiera objeción y aceptara su invitación para poder hablar con más calma del asunto—.

— Bien entiendo, pero si usted tiene tiempo puede esperarme, debo revisar un expediente e incoar un escrito, luego de eso ya no tengo más que hacer y podremos hablar con tranquilidad ¿tiene usted tiempo?

— Sí, y aunque no tuviera tiempo le espero, ¡realmente es importante para mí que pueda dedicarme un poco de su tiempo! —comentó Ana para que el fiscal entendiera la urgencia de su asunto—.

Ana espero por una hora y media más, hasta que el fiscal se acercó a ella...

— ¡Listo! Ya podemos irnos doctora, usted diga para donde —le dejó decidir—.
— Bien vamos a un café que está a unas cuatro cuadras de acá, ¿le parece? —preguntó Ana—
— Bien ¡vamos! —aceptó el fiscal, entendiendo lo delicado del asunto para ir a un café tan alejado—.

Llegaron al café y Ana eligió una mesita alejada de las otras que estaba cerca de una gran ventana que daba a la calle, el café era un sitio acogedor, tranquilo y silencioso, lo que necesitaban para hablar relajadamente…

— Bien Doctora, le escucho, aunque le digo que me trae muy curioso, desde que me dijo que quería hablar de esa causa me sorprendí, nadie había tocado ese tema nunca desde que se cerró la causa -le dijo el fiscal con cara expresivamente curioso-

— Si, le explico —dijo Ana— es una historia breve pero yo la considero de una gran importancia ya que aunque me dé vergüenza decirlo me afecta directamente a mí —señaló avergonzada—.

— ¡A usted! —respondió el fiscal sorprendido— no entiendo, ¿qué tiene usted que ver con esa chica fallecida?, Diana Colmenares es el nombre de la chica, si Diana Colmenares —se dijo a sí mismo con la cara triste—.

Ana se dispuso a contarle al fiscal toda la historia desde el momento en que conoció a la señora Pinzón y aceptó defender a Israel Rincones, le contó todo con esmerado detalle, incluso no dejó pasar que aquel hombre le había interesado personalmente a parte de lo profesional, le explicó que aquel hombre le atrajo de una manera sentimental y que ya a estas alturas estaba ligada a Israel Rincones de tal manera que no sabía cómo salir del lío, le contó del trabajo que hizo para defenderlo, de los logros que tuvo dejando sin efecto pruebas que aportó la fiscalía, de la única testigo que había declarado en su contra y de la manera como ella trabajó para dejar sin efecto aquella declaración, de la decisión del juez de declararlo absuelto, contó también lo de su encuentro con el taxista aunque pareciera irrelevante y de la foto que encontró en casa de Israel que lo vinculan con Diana Colmenares. Una vez que le contó todo al fiscal hizo silencio y lo miró con curiosidad…

— ¡Santo cielo! —expresó el fiscal con cara de asombro— este hombre que usted me dice Israel

Rincones, es el que era novio de Diana ciertamente y yo lo estuve investigando porque cuando lo interrogué, él se notaba muy nervioso, y tenía una sonrisa burlona que a mí me molestaba muchísimo —le dijo el fiscal a Ana quien inmediatamente recordó la sonrisa de la que hablaba el fiscal esa que en ocasiones le gustaba y en otras le hacía confundir— pero no hubo maneras de incriminarlo —continuó hablando el fiscal— tenía unas coartadas muy buenas, para ese entonces él trabajaba como guardia de seguridad en una tienda deportiva y su jefe dijo que él se encontraba de guardia en la tienda y que era imposible que saliera de la tienda esa noche, se mostraron cámaras de seguridad que mostraban que el hombre estaba allí esa noche, aunque no hubo una grabación de la noche completa, entonces aún cuando le presente los cortes de las grabaciones de las cámaras de seguridad al juez, no me las aprobaron, entonces me quedé sin acusación, sin embargo Doctora Ana, si le digo la verdad, ¡yo aún considero que ese hombre tuvo que ver directamente con la muerte de Diana Colmenares, si no la asesinó él, por lo menos tuvo algo que ver, pero yo me quedé sin argumentos para demostrar su responsabilidad.

— ¡No sé qué hacer Doctor! —dijo Ana con preocupación— ¡oriénteme por favor! Yo quiero alejarme de él, pero a la vez pienso ¿y si estoy equivocada? Y ¿si estamos equivocados? ¿Y si realmente es inocente?, la verdad doctor no sé qué hacer, tengo sentimientos por ese hombre y no quiero que mis sentimientos no me dejen ver la verdad de las cosas, ¿qué puedo hacer Doctor? — rogó Ana por ayuda—

El fiscal entendiendo la situación en la que se encontraba Ana solo alcanzó a recomendar…

— ¡Doctora, yo solo puedo sugerirle que se aleje de ese hombre! Que vea a otras personas que siga con su novio actual o que se quede sola, pero creo que culpable o inocente no le hace bien a usted... aléjese doctora, cuando yo lo conocí me di cuenta que no es bueno y yo estoy seguro de no equivocarme, aunque no haya podido demostrarlo en el juicio —dijo el fiscal con amargura—

Ana estaba más confundida que nunca, creyó en lo que le dijo el fiscal, pero a medias, se decía a sí misma que Israel podía ser inocente, pues nunca encontraron pruebas en su contra, pensó que quizás era un infortunado vinculado en momentos equivocados, por otra parte pensaba "¿y si realmente tuviera algo que ver con esas muertes y era tan inteligente que nunca dejaba rastros?, realmente Ana se encontraba en un laberinto de confusiones.

Terminaron su conversación y se despidieron, Ana tomó un taxi frente al café y fue a su oficina, entró y su asistente salió a la carrera...

— Doctora en su oficina le está esperando su novio —dijo sonriendo pícaramente—
— Hola barbarita, ok, por favor tráeme un café grande, ¿ya le ofreciste algo a Marcos? —preguntó—
— Si Doctora ya se está tomando una aromática —contestó la asistente—
— ¡Bien gracias barbarita! —dijo Ana entrando a su oficina y allí vio a Marcos, sentado en su silla parecía un abogado más, tenía muy buena presencia siempre, ella lo saludó...
— ¡Hola Marcos, qué sorpresa!
— Hola chiquita, si lo sé quise sorprenderte y creo que lo conseguí, ¡vine a buscarte! ¡Vamos a cenar! —dijo Marcos animado—

Ana lo pensó un poco, pero al final decidió aceptar la invitación, necesitaba salir y distraerse y además necesitaba compartir con Marcos para de una vez definir lo que haría.

Salieron a un restaurante muy lujoso comieron, hablaron, se rieron y de allí salieron a un bar, se tomaron unos tragos la pasaron muy bien, Ana pensaba que hacía mucho no la pasaba tan bien con Marcos, se fueron al apartamento de Marcos, al final pasaron la noche juntos y a la mañana siguiente que era sábado, desayunaron juntos y se acurrucaron en la sala a ver una película, así pasaron la mañana. A mediodía salieron a almorzar y después que almorzaron él la dejó en su apartamento, aunque no quería, pero ella insistió en que tenía cosas para hacer.

En realidad, Ana quería estar sola para pensar, una vez en su apartamento revisó en internet las noticias sobre la muerte de Diana Colmenares, revisó todos los detalles y también revisó en las noticias lo que salió sobre la muerte de Joan Aristigueta, todo en búsqueda de algo que vinculara las dos muertes de alguna manera con Israel Rincones, así transcurrió la tarde, sumergida en la computadora hasta que el sonido de su teléfono celular la sacó de su letargo...

- ¡Aló! —dijo ella—.
- Mi preciosa Doctora Ana —se escuchó al otro lado— me tiene abandonado —dijo—
- Ho... hola ¿cómo ha estado señor Israel? —contestó Ana nerviosa—.
- Bien mi Doctora, esperaba su llamada, pero como no llegó decidí llamarla yo ¿está usted ocupada? —preguntó Israel con la voz muy suave—
- ¡En realidad si! —se apresuró a contestar Ana— e... estoy haciendo unos escritos de un caso nuevo que tengo, entonces pues si estoy bien ocupada —le dijo para no dar pie a ninguna invitación de parte de Israel—

— ¡Bueno está bien! Por esta vez la dejaré tranquila, pero prométame que cuando tenga un tiempo me llamará para que compartamos, aunque sea una cena, o un café, ¡lo que usted quiera! -le dijo sin titubear-.

— E... está bien...yo le llamo en cuanto tenga oportunidad —contestó Ana muy nerviosa, Ahora aquel hombre le daba miedo, pero pensaba que si lo veía personalmente podía volver a caer en la tentación de querer besarlo de nuevo, de tener con él lo que no estaba segura de tener con Marcos, porque en el fondo aún pensaba en Israel de una manera que nunca había pensado en ningún otro hombre.

— Está bien la dejo entonces Ana, ¡no me olvide! —le dijo— aunque no voy a dejarle olvidarme siempre voy a estar allí cerquita de usted —Ana no sabía cómo tomar ese comentario, no sabía si debía preocuparle o si por el contrario debía estar feliz porque aquel hombre estaba muy al pendiente de ella.

— No, no le olvido —contestó— ¡que tenga buena noche!

— ¡Buenas noches Ana! —Dijo Israel despidiéndose—

— Ana colgó el teléfono y se quedó pensativa, contrariada con ella misma, nerviosa y a la vez ansiosa, estaba feliz y asustada, era algo que nunca había experimentado, algo totalmente nuevo para ella que no sabía si le gustaba o le molestaba. Siguió investigando todo lo relativo a Diana Colmenares y a Joan Aristigueta en internet, también hizo llamadas a colegas que estuvieron de alguna manera vinculados a esas causas y así paso todo lo que le quedaba de tarde y parte de la noche investigando con la esperanza de no encontrar nada que vincule a Israel Rincones de los dos fallecidos.

CAPÍTULO VIII - MIEDO EN EL CORAZÓN

Pasaron los días y Ana no daba con ninguna información que relacione a Israel con las muertes, estaba más tranquila y confiada, pensaba que seguro su inseguridad era producto de su neurosis, ella misma se había hecho creer que Israel era el asesino cuando en realidad no lo era; aun así Ana decidió no continuar ningún tipo de relación con aquel hombre, Marcos lo estaba haciendo muy bien todo, estaba más pendiente de ella, llegaba puntual a sus citas, de vez en cuando la sorprendía con algún regalo, siempre la invitaba a salir al cine, a comer, a pasear y eso hizo que ella decidiera continuar con él.

Un día decidió que ya era hora de hablar con Israel y dejarle claro que no podía tener nada con él porque tenía novio, Israel le había llamado ya en contadas oportunidades y ella había rechazado las invitaciones que le hacía, entonces ella misma lo llamó y concertó una cita con él para cenar y así hablaría y le explicaría su situación actual, ella le dijo que iría a su casa y así pasaría a saludar a la señora Elba a la que le había tomado mucho cariño a lo que él aceptó.

Era un sábado por la noche y Ana ya estaba en frente de la casa de Israel, hacía mucho frío por lo que Ana llevaba puesto un sobretodo gris muy largo y grueso, llevaba su acostumbrada cola de caballo y casi no tenía puesto maquillaje por lo que se veía muy natural, así con una botella de vino tinto en sus manos para colaborar con la cena, tocó el timbre, casi de inmediato abrió la puerta Israel, se veía muy apuesto, estaba perfectamente afeitado, llevaba puesta una camisa amarilla con mangas largas y un jean azul que le ajustaba muy bien, usaba tenis blancos con negro, tenía un reloj dorado muy bonito y olía muy rico, Ana se perturbó porque aquel hombre realmente le atraía, pero ya decida a terminar con esa relación y continuar con Marcos olvidó sus pensamientos y saludó cordialmente…

> — ¡Buenas noches señor Israel! Acá estoy tal como
> acordamos —sonrió amablemente—

Israel la miraba como siempre, con esa sonrisa que a ella antes le perturbaba y ahora la confundía. Le tendió la mano sin decir palabras y la hizo entrar a la casa, cerró la puerta detrás de ella y entonces dijo…

> — ¡Mi preciosa Doctora Ana! Buenas noches, ya estaba
> ansioso porque llegara —esbozó una ligera sonrisa
> mientras no dejaba de mirarla a los ojos—
> — ¿Co… como ha estado señor Israel? ¿y su madre? —
> saludó y preguntó al mismo tiempo—
> — ¡Yo estoy muy bien gracias! Más ahora que está usted
> acá en mi casa, no sabe cuántas ganas tenía de estar
> así tan cerca de usted y sin protocolos a nuestro
> alrededor —le dijo—

Ana sintió mucha incomodidad e inmediatamente volvió a preguntar por la señora Elba…

> — ¡Y la señora Elba? ¡está en la cocina? Acá le traje este
> vino que sé que le gustó mucho la vez anterior que
> los visité.

Israel se puso serio inmediatamente y contestó:

> — ¡No, mi madre no está en casa!, surgió una
> emergencia a uno de sus hermanos y tuvo que viajar
> de urgencia esta tarde fuera de la ciudad —dijo Israel
> con esa sonrisa que ahora mismo a Ana le dio más
> miedo que nunca, se le congeló la sangre, sintió por
> primera vez un miedo que nunca en su vida había
> sentido, estaba en una casa a solas con un hombre
> que había estado envuelto en investigaciones por

homicidio y del que ella misma había dudado días después del juicio, el cuerpo se le enfrió por completo y las piernas le temblaban sin control, entonces en un intento por recuperar el control de sí misma aseveró…

— ¡Aaahhh Pero usted me dijo que estaban acá los dos! Yo le había traído el vino que tanto le gustó, debió usted avisarme, así hubiera traído otra cosa del gusto suyo señor Israel —dijo disimulando el hecho de que si hubiese sabido que la señora Elba no estaba allí ella no hubiera aceptado ir a esa casa con aquel hombre solo.

Israel contestó inmediatamente:

— ¡es que fue poco rato después que hablé con usted que llamaron para avisar de la emergencia! y ella salió de prisa y bueno yo no pensé en avisarle para igual no dañar los planes, así pues, mejor porque está usted acá y podremos hablar tranquilamente.

Ana sonrió sin poder disimular su nerviosismo y se sentó en el mueble donde se había sentado la última vez, inmediatamente Israel tomó la botella y se dirigió a la cocina, Ana echó un vistazo a la mesita de los retratos pero ya el retrato donde él aparecía con Diana colmenares no estaba, ella supuso que él lo había retirado porque se dio cuenta que a ella le incomodó el retrato la última vez que había estado allí, enseguida volvió Israel con dos copas de cristal y sirvió el vino, entregó una de las copas a Ana y se sentó en un mueble justo en frente de ella mirándola como de costumbre, Ana se sintió feliz de que no se sentara a su lado, hubiese sido muy incómodo así que agradeció que estuviera un poco alejado, como respetando la distancia.

Por un momento Ana se dijo a sí misma "no es un asesino Ana" "debes sacar eso de tu cabeza" "es un hombre que estaba en el lugar y momento equivocado en dos ocasiones nada más" entonces intentó relajarse tomando un sorbo de vino para continuar la conversación.

— ¿Incómoda Ana? —preguntó Israel notando el nerviosismo de Ana—.

— ¡Sí! ... bueno ¡no!, es decir —intentó corregir Ana— si estoy un poco extrañada porque esperaba que la señora Elba estuviera acá con nosotros y quizás eso me hace sentir un poco incómoda, pero nada más — sonrió tímidamente—.

— Bien, pues lamento no haberte avisado que mi madre no estaría, pero igual estoy yo y tenía muchas ganas de verte Ana y de que hablemos de lo que sentimos porque estoy seguro de que tu sientes lo mismo que yo —dijo Israel sin moverse de su asiento, con la calma que lo caracterizaba, la sonrisa y esa mirada que a Ana le cautivaba—

— Bu... bueno Israel, si de eso quería yo hablarte también, es necesario que sepas que yo estoy comprometida y que ya estamos por fijar la fecha del matrimonio, es cierto que yo siento cosas por ti pero no puedo romper el compromiso que tengo con mi novio porque considero que pues, nos acabamos de conocer y no es algo fortalecido así que te pido que ya no insistas más con eso, yo te ofrezco mi amistad sincera y a la señora Elba pero no puedo ofrecerte nada más que eso y bueno, de verdad te agradezco que sientas por mi esas cosas tan bonitas y lamento no poder corresponder de la misma forma por mi compromiso —lo soltó todo de un golpe y luego hubo un silencio sepulcral, pasaron unos minutos entonces Israel reaccionó...

— Pero Ana... ¿cómo puedes decir eso? Todavía queda por conocernos, yo sé que tú me amas y yo te amo y bueno, solo es cuestión de tiempo, ese compromiso lo puedes romper, terminas con ese tipo e inicias una relación bonita conmigo, una relación verdadera, yo te ofrezco mi amor y formaremos una hermosa familia, tendremos hijos y ¡ya verás que todo será maravilloso! —hablaba sin parar, la calma que hasta ahora había tenido se tornó en desesperación, se acercó a ella y se arrodilló allí donde ella estaba sentada, unas lágrimas brotaron de sus ojos y entonces posó su rostro en las piernas de Ana, gimiendo como un niño—.

Ana estaba perturbada, no sabía qué hacer ni qué decir, no imaginó que esa conversación fuese a terminar de esa manera, ella nunca pensó que Israel reaccionaría de esa manera, parecía un chiquillo a quien le estaba quitando un juguete, por un momento sintió ternura, pero de inmediato la acogió aquellos sentimientos de miedo e intentó controlar las ganas de salir corriendo, entonces con firmeza de dijo a Israel...

— ¡No llores Israel, Trata de calmarte! Yo no entiendo por qué te pones así, si nosotros casi no nos conocemos, apenas nos hemos tratado y si es cierto que me han pasado cosas contigo, he pensado en ti más de lo que he debido tomando en cuenta que estoy comprometida, pero eso no puede ir nunca por encima del compromiso que tengo con mi novio, ya hablamos de matrimonio y está todo planificado -le explicó Ana intentando hacerlo entender sus razones-.

— ¡Pero mi preciosa Ana un compromiso se puede romper! Si tú me amas como yo a ti es solo cuestión de que hables con ese tipo y acabes de una vez por todas con ese compromiso, tu no debes sentirte obligada a casarte si no lo amas a él —objetó Israel levantando la voz todavía con lágrimas en sus ojos—
.

— ¡Israel yo no te amo! —le dijo Ana lo más gentilmente que pudo- en realidad, sí sentí cosas por ti, pero amo a mi novio y a pesar de que hemos tenido algunos malentendidos nos hemos reconciliado y ya estamos bien, nunca quise que pensaras que un futuro entre nosotros dos sería posible y de hecho nunca he hablado contigo en ese sentido, siempre intenté ser muy cuidadosa para que no se confundieran las cosas, pero creo que lo hice mal —se criticó a si misma mientras se ponía de pie para alejarse de Israel—.

Él, se sentó en el mueble que había desocupado Ana muy perturbado, retomó su cordura, se secó las lágrimas y se quedó meditabundo, sin pronunciar palabras y mirando al piso pensativo y visiblemente desolado, no entendía por qué Ana no quería arriesgarse con él, Israel sentía que la amaba y sentía morir sin ella, pero ella simplemente la hizo a un lado por un hombre al que él estaba seguro de que ella no amaba, entonces se sonrió con esa mirada que ya conocía bien Ana y le dijo...

— Está bien Ana, te entiendo perfectamente, tú tienes razón no me conoces y aunque yo creo conocerte a la perfección, tampoco te conozco bien y tu reacción el día de hoy me ha dejado cosas que pensar, yo realmente creí que al igual que yo tú harías cualquier cosa para estar a mi lado, pero entiendo que dudes, pues tienes a tu novio el señor... —dudo Israel—
— ¡Marcos, se llama Marcos! —contestó Ana recordando que nunca había hablado de Marcos con Israel—.
— ¡Marcos! El hombre que me aleja de ti, de tu amor, de tu vida —pensó aparentemente más relajado—.
— Está bien Ana, bueno, pero no hay necesidad de alejarnos ¿cierto? —preguntó—
— ¡No pues! No es necesario, podemos ser amigos, después de todo lo que hemos pasado no se puede romper una amistad tan importante como la nuestra —contestó Ana esperando que su comentario no fuera a ofuscarlo de nuevo— ¡yo quiero que seamos

buenos amigos Israel! Si me lo permites, no necesitamos dejar de hablarnos o tratarnos por esta situación ¿cierto?

— ¡cierto! —contestó Israel aún perturbado pero tranquilo— bueno, creo que es mejor que dejemos esta reunión hasta acá, necesito pensar Ana, espero que me entiendas.

— ¡Sí claro que entiendo! —contestó Ana incómoda— yo me voy y bueno hablaremos cuando quieras, cuando te sientas mejor y en condiciones de hablarme ¿está bien?

— ¡claro! Seguro hablaremos de nuevo, tenlo por seguro —contestó éste con esa sonrisa que ahora a ella le preocupaba y que aún le resultaba confusa—.

— Bueno, cuídate Israel, estamos en contacto, ¡adiós! —se despidió Ana apresurada, salió de la casa y caminó unas cuadras hasta poder tomar un taxi, se dirigió a su apartamento pensativa, no sabía descifrar a Israel, ella que se jactaba de reconocer sentimientos en las expresiones faciales, esta vez no logró reconocer ningún sentimiento en el rostro de aquel hombre al que había rechazado.

Ella esperaba estarlo haciendo bien, no quería equivocarse... apresurada llegó a su apartamento e inmediatamente tomó su teléfono para llamar a su hermana y contarle...

— Hola hermanita —contestó del otro lado Nazaret— ¿cómo ha estado tu día?

— Hola Naza —respondió Ana con voz preocupada— hoy hablé con Israel y terminé con cualquier esperanza que haya tenido conmigo hermana.

— ¿En serio? —Contestó sorprendida Nazaret— pero si la última vez que hablamos me dijiste que ese hombre te traía mal que no podías vivir sin él ¿ahora que pasó que hiciste eso? Estoy confundida hermanita.

— ¡Es que las dudas sobre él no me dejan Naza! — contestó— me la paso asustada pensando si será o no inocente lo he investigado todo sobre él como me dijiste y aparentemente es inocente pero cada vez me asaltan las dudas aún más, hablé con el fiscal que llevó la causa de la muerte de su antigua novia y el fiscal me dice que aunque no encontró pruebas para poder incriminarlo, está muy seguro de que fue Israel quien asesinó a esa mujer, él no tiene pruebas pero asegura que fue Israel quien lo hizo, eso Naza no me deja estar en paz, me da miedo su sola presencia, en realidad él me encanta y sigo sintiendo cosas por ese hombre pero me da miedo hermana, entonces decidí reconciliarme con Marcos y terminar lo que sea que tenía con Israel, con Marcos me siento en paz, tranquila, segura y con Israel es todo lo contrario vivo angustiada y siempre estoy pensando si será él quien mató a esas personas entonces para vivir así preferí olvidarme de él e ir por lo seguro y lo seguro es mi novio, al que conozco con todo y sus defectos y el que me conoce y me acepta como soy.

— ¡No sabes cuánto me alegra escuchar esa noticia hermanita! es la mejor decisión que has tomado, estoy segura que es lo correcto, lo has hecho bien así que quédate tranquila ya verás que con Marcos tendrás paz en tu corazón —contestó Nazaret emocionada por las decisiones de su hermana—.

— Bueno Naza, solo quería que supieras cómo están las cosas, entonces ya te dejo, debes ir a descansar, en tu condición no puedes trasnochar —le dijo Ana preocupada por el avanzado embarazo de su hermana— ve a dormir sueña con los angelitos y por mí ni te preocupes, estaré bien.

— Está bien hermanita, tú también descansa, ¡me llamas cuando quieras! —aseveró la chica del otro lado del teléfono—

— ¡Seguro, adios!

Ana colgó el teléfono un poco más tranquilo, hablar con su hermana le hacía bien.

Pasaron varias semanas y Ana no había sabido nada de Israel, se dedicó a trabajar, a salir con Marcos, iban al cine, al teatro, iban a comer, compartían buenos momentos juntos y ya estaban planificando su matrimonio, seleccionaban juntos todo lo relativo a la decoración del salón de fiesta, a las comidas que se servirían, la torta, y así todo lo relativo a la boda que ya se acercaba.

Una tarde Ana y Marcos iban caminando por un reconocido centro comercial de Bogotá, con bolsas de compras que habían hecho en sus manos cuando de pronto se apareció Israel frente a ellos, Ana se sorprendió muchísimo, pero marcos que no lo conocía solo lo miró desorientado...

- Hola Ana —dijo Israel con su sonrisa de siempre— ¡tanto tiempo sin verte ni saber de ti! —le aseveró—
- Ho... hola Israel, si es ci... cierto —contestó Ana tartamudeando—
- ¿cómo ha estado señor? Me imagino que usted es Marcos ¿cierto? —preguntó Israel con mucha curiosidad—
- ¡Sí así es! ¿Y usted quién es? —preguntó Marcos tranquilo—

Ana todavía en shock dijo:

- ¡ah! Marcos él es el señor Israel Rincones, creo que alguna vez te hable de él, yo fui su abogada defensora en una ocasión —le explicó segura de que marcos no lo recordaría, pues fue muy poco lo que ella pudo contarle sobre ese caso cuando Marcos le interrumpió para objetar su trabajo en el derecho penal en aquella ocasión— ¿lo recuerdas? — preguntó segura de la respuesta —

— ¡ah sí lo recuerdo! —dijo marcos extendiendo su mano a Israel simulando haber recordado— ¿cómo está señor Rincones? ¿han mejorado las cosas desde esa ocasión? —preguntó sin mucho interés —

— Pues sí, la verdad está mejor —contestó éste— ¡gracias a la Doctora Ana que hizo un gran trabajo para librarme de aquel lío en que me metí! Bueno involuntariamente, más bien me involucraron —dijo corrigiendo lo que para él había sido un error de palabras —

— Ana lo escuchó y de nuevo sintió que su cuerpo se congeló, se le petrificaron las piernas, se repitió como un eco en su mente "gracias a la Doctora Ana que hizo un gran trabajo para librarme de aquel lío en que me metí" ella sintió una vez más miedo en su corazón, miró con preocupación cuando ambos hombres estrecharon sus manos y se sonrieron mutuamente, le aterró la idea de una amistad entre marcos e Israel, se sintió en un abismo, se sintió aterrorizada.

— Bu... bueno, tenemos que seguir Marcos ¡ya es muy tarde! —le apresuró a Marcos para alejarse de aquel hombre —

— Si mi chiquita ¡vamos! Adiós Israel, fue un placer conocerte, espero nos volvamos a ver —se despidió marcos amablemente —.

— ¡Seguro Marcos, seguro que nos volveremos a ver! — contestó sonriendo y mirando a Ana— ¿verdad Doctora? —entonces esbozó una gran sonrisa y dijo— no puedo perder el contacto con la abogada que me ayudó tanto, bueno... adiós Marcos, adiós Ana, ¡nos veremos pronto!

Ana sonrió entrecortada por la situación y se alejó junto con Marcos inmediatamente y casi corriendo para el lado contrario de Israel, no volvió la mirada para verlo de nuevo y se tomó del brazo de Marcos aferrándose a él cual si fuera una tabla de salvación en medio del océano; con los mismos sentimientos encontrados, aún aquel hombre le gustaba mucho y su corazón latía a toda velocidad cuando lo veía pero el miedo se apoderaba de ella y esas frases "la doctora que me sacó del lío en el que me metí", y ella pensaba ¿será que eso debía indicar que sí lo había hecho? Y la otra, "nos volveremos a ver Marcos" eso sonó amenazador sintió Ana, aunque ella misma se reprochaba que estaba paranoica y que su paranoia la ponía a pensar cosas que no eran sobre Israel.

Ana y Marcos siguieron haciendo compras, se detuvieron por unos helados y así recorrieron el centro comercial a modo de paseo, Ana seguía mirando a todos lados esperando no volver a ver a Israel pero con la sensación de que él seguía allí observándolos desde algún lado, por fin llegó la hora de volver a casa, Marcos le ofreció que se quedara en su apartamento pero Ana rechazó la invitación porque quería retomar sus investigaciones con respecto a Israel, aunque se había emocionado de verlo de nuevo también volvió el pánico a sus pensamientos, así que marcos la dejó en la entrada de su edificio y ella subió muy de prisa.

Ya en su apartamento, sintiéndose a salvo, empezó una vez más a buscar información en el internet, pero esta vez únicamente se enfocó en investigar todo lo que podía de Israel Rincones sin relacionarlo con las personas fallecidas, allí permaneció casi toda la noche y aunque buscó en todas las en redes sociales no encontró nada, pero persistía su temor.

CAPÍTULO IX – TERROR

Unos días más tarde luego de haber estado internada en su trabajo, entre papeles, abogados, tribunales y un poco despegada de Marcos, éste la llamó…

— ¡Hola Ana, buen día! —le dijo del otro lado del teléfono—

— Hola cariño —contestó Ana— ¿cómo has estado? Oye disculpa que no te he llamado he estado muy ocupada —se excusó—

— ¡Tranquila mi chiquita! -le contestó- oye me gustaría hablar contigo de algo importante ¿será posible que nos reunamos hoy? -preguntó Israel-

— ¡Sí claro!, yo estoy en el tribunal, pero termino temprano como a las cinco, si quieres puedes venir por mi ¿te parece? —preguntó Ana preocupada—

— Está bien Ana te busco a las cinco, te espero afuera del tribunal entonces —respondió Marcos—

— Bien cariño, ¡nos vemos! —Se despidió y siguió en sus labores en el tribunal—

A las cinco llegó Marcos, tenía la cara de una persona preocupada, estaba medio despeinado y su barba había crecido un poco, cosa rara en él que siempre se preocupaba por mantener su apariencia física, llegó ansioso, apresurado indicó a Ana que subiera al vehículo y condujo sin decir una palabra hasta llegar a un café al aire libre en las afueras de Bogotá, un lugar hermoso, pero no el tipo de lugares que frecuentaba Marcos que prefería cafés cerrados y muy sobrios, éste era un lugar hermoso por estar al aire libre y los paisajes lo hacían realmente fascinante. Escogieron una mesa alejado de las demás y se sentaron, marcos tenía la cara muy preocupada Ana jamás lo había visto así, entonces se decidió a preguntarle…

— ¿Qué te pasa Marcos? ¿por qué estás en esas

condiciones? ¿Acaso estás enfermo? ¿te sientes mal? O es que tienes algún problema... cuéntame así podré ayudarte y resolver lo que sea juntos —le dijo Ana preocupada por el aspecto abandonado de su novio—.

Marcos con mucha dificultad respondió:

— ¡no quiero preocuparte amor! Es que tengo algunos problemas que seguro resolveré pronto... por ahora quería verte y hablar contigo de cualquier cosa porque tú me haces bien —le dijo mirándola a los ojos y tomando una de sus manos.

— ¡Pero cuéntame Marcos! Dime qué es lo que te está pasando que sea tan serio para que estés en ese estado, ¡dímelo por favor! —Ana le rogó a Marcos—

— Está bien te voy a contar —le dijo— ¡me han estado amenazando de muerte! —soltó de un golpe con el rostro aterrado mientras Ana lo miraba aterrada— desde hace varios días he estado recibiendo unos mensajes a mi correo electrónico donde me dicen que me prepare para mi muerte, que yo no debo seguir vivo porque interrumpo los planes de esa persona... ¡te juro mi amor que yo no sé de qué está hablando esa persona! Yo jamás he tenido ningún problema con nadie que yo sepa, me han dejado notas por debajo de la puerta del apartamento y ya me han llamado en muchas ocasiones y luego no hablan, realmente no entiendo de quién se trata y no sé qué hacer, esa persona me ha amenazado que si le digo algo a la policía matará a mi madre ya me ha dicho que sabes dónde vives Ana y hasta sabe de ti, también me amenazó con hacerte daño —Marcos habló sin pausa con su rostro aterrado, lleno de pánico y tomando las manos de Ana aferró su rostro contra la mesa mientras unas lágrimas rodaron por sus mejillas—.

Ana estaba perpleja, inmutada, llena de miedo... solo un nombre se le vino a la cabeza "Israel Rincones" entonces el pánico llenó su mente y pensó..." ¿sería Israel la persona que ha estado amenazando a Marcos? ¿será que esa despedida y sus frases donde decía que si se volverían a ver era para eso? ... entonces le preguntó a Marcos...

— A ver cariño cálmate, ¿seguro no has tenido algún problema con alguien? ¿algún paciente descontento con tu trabajo quizás? ¡Piensa bien cariño! Es necesario que retomes la cordura y que pienses con cabeza fría, eso que estás diciendo es realmente muy serio Marcos, ¿quién querría hacerte daño a ti si tú eres un sol? —trato de calmarle Ana—

— Yo no he tenido ningún problema con nadie y si alguna persona quedó descontenta por algún trabajo que haya hecho la verdad nunca me enteré, lo único que sé es que esa persona dice que le estoy echando a perder sus planes y no sé de qué demonios habla esa persona —le dijo Marcos a Ana muy desconcertado—

— Bien, hagamos algo, hoy te irás conmigo a casa, no te irás a tu casa, no puedes quedarte solo y una vez estemos en casa llamaremos a la policía ¿tú guardaste todos los mensajes donde te amenaza esa persona ¿cierto? —preguntó Ana con curiosidad—

— No Ana yo borré todo eso, el mismo día que me dijo que asesinaría a mi madre o te haría daño a ti si hablaba con la policía, yo sé que si los conservaba en cualquier momento iría y no quiero hacerles daño — dijo Marcos llorando desconsoladamente—

— ¡Dios marcos! ¡Pero tenemos que hacer algo y es urgente!, por ahora vamos a casa y allí pensaremos en algo —aseveró Ana, sin dejar de pensar en Israel, pero sin tener ni una sola prueba como para demostrar que era él quien estaba amenazando a su novio ¡y todo era pos ella!, era su culpa que Marcos estuviera metido en semejante problema, ¡era toda su culpa!

Llegaron al apartamento de Ana y marcos se quedó dormido, profundo, cansado, sintiéndose seguro por un instante. Ana estaba cada vez más segura de que Israel era la persona que tenía amenazado a su novio pero no sabía qué hacer, preparó una aromática para calmar los nervios y se sentó junto a la cama donde se había quedado dormido su prometido, lloró, se rió nerviosamente, se quedó sumergida en sus temores, en sus pensamientos hasta que logró reaccionar y decidió llamar a Israel... Marcó el número celular de Israel y no contestó, llamó al teléfono de la casa a ver si hablaba con la señora Elba Pinzón y nadie respondió, no pudo contactar a Israel no sabía qué hacer, quería salvar a su prometido y estaba segura de que ella tenía la solución pero no sabía cómo actuar, quería llamar a su hermana pero no quería ponerla en peligro; por un momento recordó al fiscal, entonces buscó su número de teléfono y le marcó...

— ¡Aló! —Contestó el fiscal al otro lado del teléfono—
— ¡Doctor soy Ana Franco!, ¿me recuerda? —preguntó Ana—
— ¡Claro doctora!, ¿cómo ha estado usted? No esperaba su llamada... cuénteme. —dijo el fiscal algo sorprendido por la llamada de Ana—.
— Doctor necesito verlo en persona... ¿será posible que usted venga a mi apartamento hoy mismo? ¡Es de vida o muerte doctor!, créame que si no fuera tan grave no le molestaría -aseguró ella con voz muy nerviosa- se trata de algo relacionado con lo que hablamos la última vez ¿recuerda? —preguntó—
— Si lo recuerdo perfectamente, usted me dejó pensando mucho en eso, muy bien doctora, espéreme ya voy a su casa envíeme su dirección en un texto para llegar —pidió el fiscal—
— Claro ya se lo envío ah y doctor ¡muchas gracias! Le

espero —Ana se apresuró, cortó la llamada y envió la dirección al fiscal—

Ella esperó mientras Marcos dormía, esperaba a que siguiera dormido para cuando llegara el fiscal. Espero por una hora aproximadamente hasta que por fin llegó, Ana lo hizo entrar, le ofreció una aromática y se sentaron a hablar…

— ¡Y bien Doctora ya estoy aquí! Dígame ¿en qué puedo ayudarla? —preguntó el fiscal afanoso—

— Sí, ¿recuerda lo que le conté cuando nos vimos? -preguntó-.

— Sí, lo recuerdo perfectamente —dijo el fiscal—.

— Bien le cuento lo que ha pasado —Ana se dispuso a contarle con detalle lo ocurrido en el encuentro de ellos con Israel en el centro comercial, las llamadas anónimas a Marcos, los correos de amenaza que recibió, en fin, le contó todo sin dejar nada por fuera, cuando terminó de hablar el fiscal, se hizo hacia atrás en su asiento y después de un suspiro profundo dijo…

— Doctora el problema aquí es que no hay pruebas de que sea Israel Rincones quién esté amenazando a su prometido, ni siquiera están los correos, las llamadas ni los mensajes para rastrear a quien los envió, es muy difícil incriminar a una persona por simples supuestos suyos y eso usted lo sabe perfectamente — aseveró el fiscal a manera de regaño—.

— Si lo sé Doctor, pero es que todo esto es muy extraño, justo ahora que Israel conoció a Marcos, por primera vez en su vida Marcos recibe amenazas de muerte y yo no sé qué debo hacer, él no quiere poner la denuncia porque está de por medio su mamá e incluso hasta por mí teme el pobre —habló Ana ya con lágrimas en sus ojos totalmente desconsolada—

— La entiendo Doctora, pero me temo que yo no puedo ser de mucha ayuda, estamos atados de manos —

contestó el fiscal— Y ¿usted ha tratado de comunicarse con Israel Rincones? —preguntó—

— Sí, hoy mismo lo intenté, pero no contesta a su celular y en su casa tampoco contesta nadie —respondió Ana sintiéndose responsable—.

El fiscal se despidió de Ana y al poco rato Marcos despertó, era ya pasada la media noche, ambos sin sueño, preocupados, no podían dormir, Ana no se atrevía a contarle a Marcos la situación con Israel, esperaba un momento apropiado para hacerlo o esperaba a que Israel realmente no tuviera nada que ver en esto y así olvidar el asunto.

Los dos se quedaron viendo una película para pasar el rato por no poder dormir, de pronto escucharon un ruido en la puerta de entrada del apartamento, Marcos se acercó cautelosamente y vio que se deslizaba un sobre por debajo de la puerta, inmediatamente abrió la puerta pero ya no había nadie, volvió a cerrar, tomó el sobre y lo abrió, encontró dentro una nota que estaba escrita a mano que decía "sé que estás aquí", Marcos tembló de miedo, Ana se acercó y leyó la nota, decidió guardarla porque estaba decidida a enfrentar la situación, iría a hablar con Israel al día siguiente. Ambos amanecieron despiertos sin poder dormir, Ana preparó café y le dio una taza a Marcos diciendo…

— Tranquilo cariño, ya solucionaremos todo esto, estoy segura que se solucionará, si quieres hoy quédate acá en casa sé que estás muy nervioso, yo tengo que hacer unas vueltas, pero regreso rápido —le dijo Ana más preocupada de lo que se mostraba—

— ¡No amor yo iré contigo! No quiero que estés sola por allí con ese loco suelto por allí es obvio que ya sabe quién eres y donde vives así que no te dejaré sola —le dijo Israel sumergido en su preocupación—

— No es necesario cariño, tú quédate en casa, yo ya regreso ¡te lo prometo!

Ana salió del apartamento apresurada, mirando a todos lados para verificar que no la seguían, tomó un taxi y se dirigió a la casa de Israel, una vez estuvo allí, tocó el timbre en contadas ocasiones, pero nadie salió, estuvo sentada en el frente de la casa una media hora con la esperanza de que llegara, cuando ya se disponía a irse llegó Israel con una bolsa en la mano, parecía haber estado haciendo compras, la miró sonreído y le dijo…

— ¡Mi preciosa Doctora Ana! ¡Que sorpresa encontrarla aquí!
— Hola Israel, vine a hablar contigo —le dijo Ana llena de terror, su cuerpo temblaba y su sangre se calentó inmediatamente— ¡es importante que hablemos!
— Israel abrió la puerta y le indicó que entrara, ella con mucho temor entró, pero se quedó cerca de la puerta casi petrificada, en ese momento deseó no haber ido a esa casa, entonces le preguntó…
— ¿y tu madre?
— Sigue fuera de Bogotá —le dijo tranquilamente— decidió quedarse un tiempo por allá con su familia, aprovechó el viaje para quedarse a compartir, hacía mucho que no los visitaba
— Y… ahora me dirás ¿a qué has venido? Porque me dejaste muy claro que no podremos tener una relación porque estás comprometida con ese tipo, entonces no entiendo tu visita —le dijo Israel en tono algo molesto—.
— Quiero saber por qué estás acosando a mi novio, ¡él no te ha hecho nada! —soltó Ana sin precaución—.
— Israel puso cara de sorpresa y se acercó a ella con aparente tranquilidad
— ¿De qué estás hablando Ana? ¡No entiendo lo que estás diciendo! ¿Puedes explicarme?
— Si te puedo explicar… —dijo Ana levantando la voz, tomando fuerzas para no flaquear— tú has estado

llamando a mi novio y enviando correos electrónicos amenazándolo de matar a su madre o hacerme daño a mi ¡qué demonios te ha hecho él a ti? ¿por qué haces esto? —lo enfrentó sin pensar en las consecuencias que esto le podría traer—.

Israel con rostro evidentemente molesto, pero con la misma calma que siempre le caracterizaba le contestó- ¿que yo he hecho qué? ¿Te volviste loca? Ana de verdad no entiendo lo que dices, yo apenas conozco a tu novio de la vez que me lo presentaste en el centro comercial y no lo he visto ni he hablado con él en ninguna otra ocasión, ¿cómo puedes acusarme de algo tan serio?... —pensó por un momento y siguió diciendo— aaahhhh claro lo haces porque estuve implicado en un homicidio y crees que yo haría algo así, ¿en realidad me crees capaz de hacer algo así? ¿es mentira que creías en mi inocencia Doctora Ana? ¡Y por supuesto me crees un asesino! -le interrogó Israel totalmente calmado, pero con la evidente molestia en sus ojos y la misma sonrisa molesta para Ana en está ocasión—

— ¡Pero Israel es que no entiendo lo que está pasando!, marcos es un hombre que nunca ha tenido problemas con nadie y justo ahora que yo he decidido no continuar una relación contigo y retomar mi compromiso con Marcos, ¡él recibe amenazas de muerte para él, su madre y hasta para mí! y la verdad la única persona que yo siento puede tener razones para estar molesto por esta situación eres tú —le afirmó Ana levantando la voz y segura de lo que estaba diciendo—

— Mi preciosa Doctora Ana, ¿en serio crees que yo sería capaz de hacerle daño a tu novio por el hecho de que tú ya no quieras tener nada conmigo? ¡no sabes lo triste que eso me pone!, si alguien lo ha amenazado es porque debe tener cuentas pendientes que no ha solucionado, pero ¿involucrarme a mí en esto Ana?

¡claro! Como yo soy el lado más débil de la cuerda es más fácil pensar que una persona que fue acusada de homicidio aun cuando se haya demostrado su inocencia, pueda ser el responsable de una cosa como ésta... ¡es una lástima que tú no me conozcas mejor Ana!, si me conocieras estuvieras segura de que yo no haría una cosa como ésta.

Ana estaba totalmente confundida, Israel parecía sincero, hablaba con una seguridad que a ella le sorprendió y por un momento pensó que podría estar equivocada, pero volvían a su pensamiento las dos personas muertas que estaban relacionadas con él, ella no sabía qué pensar y por un instante se quedó sin palabras hasta que retomó su cordura.

— Entonces, si no eres tú... ¿quién? Si Marcos no tiene enemigos y dice no tener nada pendiente con nadie, la verdad es que esto es muy confuso para mi Israel, ¡ya no sé qué hacer! Y perdóname que no confíe del todo en ti, pero es muy difícil todo esto...
— Si tú quieres yo puedo ayudarte a investigar, a buscar información de pronto puedo ser de ayuda para ustedes dos, ¡recuerda que te dije que soy tu amigo y como tal quiero ayudarte Ana! —le dijo Israel en tono tranquilizador acercándose y abrazándola para calmarla, Ana se sintió segura en sus brazos y en ese instante no pensó en nada más, sentía sus brazos fuertes y eso le dio un momento de paz, luego se soltó suavemente diciendo...
— No Israel, no quiero involucrar a nadie más en esto, yo me voy disculpa todo este mal rato, ¡de verdad disculpa! —le dijo Ana sintiéndose confundida, mal, triste, molesta, en realidad tenía muchos sentimientos encontrados. Salió de la casa y llamó a Marcos a su celular, al darse cuenta que estaba bien y que seguía en su apartamento, le dijo que iría a su oficina por unos documentos para llevarlos a casa y

trabajar desde allí—.

Llegó a su oficina y su asistente la estaba esperando.

- Doctora aquí le llegó este sobre —le dijo la asistente— allí dice que es urgente… ¿le preparo un café? —preguntó observando la cara de preocupación y las ojeras que tenía Ana esa mañana—.
- No Barbarita solo vine a buscar unos documentos y me iré a casa, hoy trabajaré desde allá —contestó—
- ¿Se siente mal Doctora? —preguntó Barbarita preocupada—
- ¡No mi niña! Es Marcos que se siente mal y voy a estar atendiéndolo hoy en casa.
- Ah ok, bueno está bien Doctora, yo estaré acá por cualquier cosa que necesite, ¡no se preocupe! -le dijo Barbarita consciente de que Ana necesitaba de su apoyo-.
- Mientras recogía sus cosas, recibió un mensaje en su teléfono celular que decía "lo dejaste solo, eso está mal… muy mal" … Ana se aterró empezó a temblar de miedo su sangre se heló, se le cayeron los documentos que tenía en las manos y Barbarita corrió en su ayuda.
- ¿Doctora qué le pasa? ¿Se siente mal? Siéntese aquí —movió una silla para que Ana se sentara, pero ella reaccionó inmediatamente y sin decir una palabra marcó el número de Israel, el teléfono repicó dos, tres, cuatro, cinco, seis veces y nadie contestó, volvió a marcar y no obtuvo respuesta, dejó todo tirado y corrió, salió de la oficina sin darle explicaciones a Barbarita que se quedó en la puerta llamándola preocupada y sin poder hacer nada.

Ana corrió, tomó un taxi y se dirigió a su apartamento sumergida en su preocupación, le indicaba al taxista que se apresurara pero el tráfico no ayudaba, ese tráfico que era normal en la ciudad pero que ella no le había dado nunca importancia y ahora la estaba matando lo lento que se hacía llegar a casa, pasados cuarenta y cinco minutos llegó al apartamento y corrió buscando a Marcos, su corazón latía muy deprisa y cuando se acercó al cuarto allí estaba marcos dormido, ella se acercó para cerciorarse de que respiraba y el despertó, ella lo miró con lágrimas en los ojos y lo abrazó muy fuerte.

— ¿Qué pasó Ana? —preguntó— ¿estás bien?
— Si mi amor, todo está bien, disculpa es que toda esta situación me tiene muy nerviosa —dijo sin hacerle saber a Marcos de la nota que había recibido motivo por el cual se encontraba en aquel estado de nervios.

Pasaron los días y no recibieron más mensajes, ni correos, ni sobres, como si aquella persona hubiese desaparecido, todo volvía a la normalidad, Marcos volvió a trabajar y Ana retornó a su oficina más tranquila pero sin olvidar aquellas amenazas, se preguntaban qué habría sido de la persona que había estado amenazando a Marcos, pero le tranquilizaba que hubiera desaparecido de sus vidas, Israel le había llamado algunas veces para saber que todo estuviera bien y las cosas realmente había mejorado, habían vuelto a una aparente normalidad que a Ana la tenía pensando mucho, estaba todo el tiempo a la defensiva, nerviosa, como esperando algo malo siempre.

Saliendo de su oficina un viernes por la noche había quedado encontrarse con Marcos a unas pocas cuadras de su oficina para tomar unas cervezas, mientras iba en camino recibió una llamada de un número desconocido, le entró un escalofrío en el cuerpo y no quiso atender esa llamada, tenía un mal presentimiento, apresuró el paso hasta llegar al lugar donde había acordado encontrarse con marcos pero éste no había llegado, le marcó pero él no atendió se ubicó en una mesa en el bar y esperó por un momento, pero Marcos no llegaba, volvió a marcar una vez más, dos, tres, cuatro, cinco y nada que Marcos atendía, le envió un mensaje ya estaba desesperada había pasado una hora desde que llegó al bar y su prometido no llegaba ni contestaba las llamadas ni los mensajes, entonces entró otra llamada de el mismo número desconocido que le había marcado antes, ella decidió atender.

— ¡Aló! —dijo—

— ¡Buenas noches Doctora Ana! —saludó la voz al otro lado del teléfono, era una voz de hombre totalmente desconocida para ella, era una voz ronca como salida de alguien con la garganta irritada y hablaba muy despacio— es bueno hablar con usted, hablar con alguien tan inteligente y profesional y tan reconocida en el país entero es para mí un privilegio —dijo—

— ¿Quién habla? —Preguntó Ana ansiosa y asustada—

— ¡Por Dios Doctora! ¿Será posible que usted aún no sepa quién soy? ¡quien lo creería! Usted sabe perfectamente quien soy o ¿no?   —dijo riendo sarcásticamente el hombre—

— ¡dígame quién demonios me está hablando! y ¿qué es lo que quiere? —preguntó Ana en voz alta y totalmente exasperada—

— Bueno una de las preguntas se la puedo responder sin ningún problema Doctora, solo quiero hacerle saber que su novio está conmigo, ¿Marcos es que se llama cierto? la verdad Doctora es que no es muy buena compañía, ¡no me habla! ¿Será que no quiere hablarme? ¿O será que ya no puede? ¿qué cree usted Doctora? —soltó una carcajada que a Ana le hizo erizar la piel y enfriar la sangre, se quedó muda sin poder pronunciar una palabra, mientras la voz al teléfono proseguía— pero no se preocupe Doctora, usted debería estar tranquila de ahora en adelante va a tener más tiempo libre y va a poder trabajar en lo que quiera sin que su novio se lo prohíba ¿no es verdad? —preguntó el hombre—

— ¡Donde esta Marcos! ¡Por favor páselo al teléfono! —rogó Ana totalmente descontrolada y con un llanto ya incontrolable—

— Ah Doctora lamento no poder complacerla, es que como le dije, no quiere hablar o quizás es que no puede, de verdad lo siento, pero no puedo ayudarla con eso, lo que sí le puedo decir es que va a estar usted tranquila de ahora en adelante sin preocuparse por ningún compromiso, usted podrá tener otra pareja Doctora ¿qué le parece? —dijo el hombre de manera sarcástica—

— ¡por favor no le haga daño a Marcos!, dígame qué es lo que quiere, ¡yo hago lo que usted quiera con tal de que no le haga daño a él! —pero la voz al otro lado del teléfono solo dijo—

— No Doctora usted no tiene que hacer nada, ¡ya lo que había que hacer está hecho! ¡Adiós Doctora, cuídese! —cortó la llamada y Ana se quedó con el teléfono en su oído llorando y rogando desesperada—

— ¡Nooooo! ¡Por favor no corte! ¡aló! ¡aló! ¡por favor, por favor!

lloraba como una niña chiquita totalmente descontrolada, llegó una mesera del bar e intentó calmarla, luego llegaron dos personas más para intentar calmarla sin saber lo que le ocurría, Ana hablaba sin coherencia y no lograba hacerse entender, hasta que lograron calmarla un poco, ella seguía inconsolable, entonces recordó al fiscal y lo llamó le contó lo sucedido y en un rato el fiscal llegó, se reunieron afuera del bar Ana no paraba de llorar, seguía marcando el teléfono de Marcos pero no respondía, con el fiscal fueron al apartamento de Marcos entraron con la llave de Ana pero no estaba allí, todo estaba en orden, no faltaba nada y no encontraron nada que les pudiera ayudar, entonces decidieron ir al apartamento de Ana, también estaba todo en orden, desde allí le llamaron a Marcos una u otra vez pero no contestó.

El fiscal le sugirió a Ana poner la denuncia y así lo hicieron, fueron a la estación de la policía más cercana y ella hizo la denuncia, no podían darlo por desaparecido porque era muy pronto y prometieron que al día siguiente se iniciarían las investigaciones; Ana y Dionisio Villegas no estaban conformes pero no pudieron hacer nada más, ella no quería ir a su casa porque estaba totalmente aterrada entonces esa noche fue a la casa del fiscal, allí pasó la noche sin poder dormir, esperando una llamada de marcos y muy desconsolada.

En la mañana siguiente, se despidió del fiscal agradeciendo el apoyo y se dirigió al apartamento de Marcos, una vez allí se sentó a pensar qué podía hacer para encontrar a Marcos entonces sonó el teléfono del apartamento de Marcos y ella contestó apresurada...

— ¿Marcos? —dijo—
— ¡Buenos días! ¿esa es la casa de Marcos Román? — dijo la voz de una mujer—
— ¡Sí así es dígame soy su novia! —contestó Ana
— Le hablo desde el Hospital central, soy enfermera, acá trajeron al señor Román en muy mal estado, es necesario que un familiar suyo se acerque con urgencia hasta acá —dijo la chica muy seriamente—
— ¿En el hospital? —Contestó Ana— ¿pe... pero él está bien? —preguntó enseguida—
— Señorita no sabría darle esa información, cuando usted venga acá se le informará —habló la enfermera al teléfono—
— ¡Está bien ya salgo para allá!
— Ana salió muy deprisa del apartamento y se dirigió al hospital con la esperanza de que estuviera bien, en un rato ya estaba en el hospital central, corrió por los pasillos, preguntó a varias personas hasta que dio con el estar de enfermeras, una de ellas le indicó hacia dónde debía dirigirse y ella corriendo fue hasta la sala de emergencias críticas, estaba cerrada pero

desde afuera podía ver varias camillas con enfermos y en una de ellas vio a Marcos, Ana llorando pidió ayuda hasta que se acercó a ella un médico…

— ¿Es usted familiar de alguno de los pacientes? — preguntó el médico—

— ¡Soy novia de Marcos Román! —contestó apresurada Ana— ¿cómo está él? ¿qué fue lo que le pasó? ¿se pondrá bien? —preguntó ansiosa por saber los pormenores—

— ¡La verdad señorita es que no sabemos a ciencia cierta qué le pasó! Alguien lo dejó en la entrada del hospital en muy malas condiciones y la verdad no sabría darle detalles de lo ocurrido antes de que llegara acá —contestó el médico quien prosiguió— lo cierto es que está muy mal, tiene fracturas en las costillas lo que aún no sabemos si ha perforado algún órgano vital, además tiene una contusión muy severa en la cabeza, y tiene severas lesiones en todo el cuerpo, perdió muchísima sangre al parecer ha sido fuertemente atacado por alguien, la verdad no estoy seguro si se pondrá bien, ¡lo siento señorita! -le dijo el Doctor abriendo la puerta para que Ana entrara a la sala donde se encontraba postrado su novio.

— Ana entró y se acercó llorando a la camilla donde estaba Marcos, estaba realmente golpeado, su rostro pasó de ser muy blanco a estar lleno de rojos y morados, tenía un tubo con oxígeno para ayudar a respirar y otras mangueras y cosas que Ana no sabía para qué eran, Ana lo abrazó con cuidado y le besó la frente, Marcos estaba inconsciente, ella se sentó a su lado y lloraba y pensaba en voz alta "quién te ha hecho esto Marcos" "si pudieras tan solo despertar y decirme quien te hizo daño" "quién Dios mío quién" y se recostó llorando de la camilla, entonces sintió que Marcos movió su mano y cuando lo vio estaba con los ojos abiertos, ella se alegró inmensamente de ver que había reaccionado, cuando intentó llamar al médico, Marcos le tomó fuerte la mano y ella entendió que quería decirle algo pero no podía, entonces se decidió a tratar de entender...

— ¿Quién te hizo esto Marcos lo sabes? —Le preguntó—

— Él asintió con la cabeza—

— ¿Lo conozco Marcos? ¡dime! ¿lo conozco?

— Volvió a asentir con su cabeza y los ojos llenos de lágrimas

— ¿Quién fue Marcos? ¿Es de tu trabajo? ¿amigo o conocido? —interrogó tratando de encontrar una respuesta—

— Él negó, entonces ella se atrevió a preguntar directamente

— ¿Fue Israel Rincones? ¡dime! ¿fue él? —Lo interrogó ansiosa—

Marcos la miró profundamente y sin poder moverse expiró su último aliento.

Ana se lanzó encima de él llorando desconsolada, gritando su nombre, llegaron los médicos, las enfermeras y la alejaron del cuerpo inerte.

Un año más tarde Ana estaba en su oficina, todo había vuelto a la normalidad, ella retomó sus labores, ya no ejercía el derecho penal, trabajaba un poco menos y se sentía tranquila, no olvidaba todo lo ocurrido con Marcos y no supo más de Israel, metida entre sus documentos y expedientes concentrada en el trabajo recibió una llamada a su celular de un número desconocido y respondió...

— ¡Aló!

Y una voz del otro lado del teléfono la saludó...

— ¡Hola mi preciosa Doctora Ana!

FIN

HOMICIDIO DOLOSO

113

ACERCA DEL AUTOR

Abogada de profesión, con pasión por la literatura y las historias, poco a poco he comenzado a usar información de los casos que he llevado y he comenzado a crear historias de ficción basados en caos que considero interesante, esto con la finalidad de divertirme y que el lector pase un buen rato.